모든 걸 보라고 봄.

모든 걸 새로 보라고 새봄.

처음처럼 보라고 첫봄.

늦더라도 볼 수 있다고 늦봄.

2018년 봄, 새봄, 첫봄, 늦봄에.

2018년 새봄

김연수

지지 않는다는 말

김연수
산문집

지지 않는다는 말

마음의숲

왜 지지 않는다는 말인가?

우리 아버지의 삶 앞에서는 이 인생, 정말 감사하는 마음으로 살아야 한다는 생각이 든다. 아버지는 만주사변이 일어날 무렵인 1930년 일본 나고야에서 태어났다. 소학교에 들어갈 무렵에는 중일전쟁이 발발했고, 열다섯 살 때는 태평양전쟁이 끝나 한국으로 귀국했다. 그러다가 스무 살이 되자, 마침내 한국전쟁이 터졌다. 나 같으면 그 소식을 듣고는 "뭐, 이따위 인생……"이라며 엉엉 울었을지도 모르겠다. 그게 바로 스무 살이 될 때까지 우리 아버지가 살아온 삶이었다.

초등학교 저학년이었을 때, 축구 국가대표팀의 원정경기가 생중계되는 밤이면 아버지와 텔레비전을 볼 수 있었다. 해외 원정경기는 동남아나 중동 국가에서 저녁에 열렸기 때문에 한국에서 실황으로 그 경기를 보려면 대개 자정이나 새벽에 깨어 있어야만 했다. "여기는 말레이시아의 수도 콸라룸푸르입니다"라는 캐스터의 목소리를 생각하면 지금도 불을 모두 끈 어두운 방, 흑백 텔레비전의 불빛에 따라 명멸하던 아버지의 긴장된 얼굴이 떠오른다.

1970년대니까 위성 상태가 고르지 않아 화면이 끊기고 소리만 나오는 일도 잦았다. 신기한 것은 꼭 그럴 때면 한국 팀이 실점한다는 사실이었다. 한국 팀이 뒤진 상태로 전반전이 끝나면 아버지는 가슴이 떨려 더 못 보겠다며 먼저 자리에 누웠다. 그러면서 하시는 말씀이 "졌다, 졌어. 진 거야"였다. 그런 말씀이 끝나기도 전에 텔레비전에서는 후반전을 앞두고 장중한 군가풍의 응원가가 흘러나왔다.

"우리들은 대한 건아, 늠름하고 용감하다. 조국의 영광 안고 온 세계에 내닫는다. 이기자, 이기자, 이겨야 한다. 배달의 형제들."

불이 꺼진 방, 흔들리는 그림자. "이기자, 이기자, 이겨야 한다"라고 소리치는 TV 속의 응원가. 그리고 "졌다, 졌어. 진 거야"라는 아버지의 읊조림. 막 여덟 살이나 아홉 살의 세상을 살아가던 내게 이 풍경은 기이하기만 했다. 그건 우리 아

버지 세대가 살아온, 거대한 체념의 세계를 보여 주는 풍경
이기도 했다. 대학 시절까지 나는 이 거대한 체념의 세계관
에 "그렇지 않아요!"라고 외치면서 살아온 듯한 느낌도 든다.

그러다가 입대한 뒤에 나는 그게 어떤 감각인지 깨닫게 됐
다. 내가 근무하던 부대의 운동장은 산꼭대기에 있었다. 누
군가 어림없는 강슛이라도 날릴라치면, 공은 산 밑으로 속
절없이 굴러떨어졌다. '짬밥'에 밀려서 경기는 꿈도 꾸지 못
하는 이등병들은 운동장 주위를 빙 둘러싸고 서 있다가 자기
쪽으로 날아온 공이 산 밑으로 굴러가면, 그 즉시 달려가서
그 공을 주워 와야만 했다.

공은 둥글다. 비탈에서 공은 자기가 원하는 만큼 굴러간
뒤에도 훨씬 더 먼 거리를 굴러간다. 그건 중력 때문이니 공
의 잘못이 아니다. 이등병들은 고참병들의 경기가 중단되지
않도록 중력보다 더 강력한 힘으로 비탈로 굴러가는 공을 잡
아서 산꼭대기의 경기장으로 올려놓아야만 했다. 왜 산꼭대
기에다가 축구장을 만들었는가? 이등병 주제에 그런 질문을
던져 봐야 결국에는 '그렇다면 너는 왜 거기에 있는가?'라는
거대한 실존의 물음에 봉착할 뿐이었다. 그렇다. 모든 의문
의 해답은 오직 하나, 거기는 군대이기 때문이다.

군대. 축구. 그리고 군대 축구. 단순히 두 개의 단어를 결합했을 뿐이지만, 그 단어들은 화학적 변화를 일으키면서 어마어마한 속뜻을 지닌 새로운 단어를 만들어 낸다. '군대 축구'라는 단어는 내게 중력을 이기려는 이등병들의 안간힘, 계급의 장벽에 막혀서 허우적대는 축구 기술의 한계, 타인은 지옥이라던 사르트르의 말을 정면으로 반박하는, 혹은 완전히 인정하는 양가적인 의미가 모두 통할 고통의 연대를 연상시킨다. 고통의 연대란 이런 뜻이다. 경기에서 지는 날이면 모든 중대원이 기합을 받았다. 소위 말하는 '연대 기합'이다.

그제야 나는 아버지의 심정을 이해할 수 있었다. 19세기 중반의 농민항쟁에서 시작하면, 한반도는 1백 년 가까이 전쟁 상태였다. 전쟁이란 무엇인가? 그건 살아남기 위해서는 수단과 방법을 가리지 않고 이겨야만 하는 어떤 행위를 뜻한다. 전후에 태어난 우리는 모든 싸움은 이겨야만 한다고 배웠다. 패배자가 되면 어떤 대접을 받는지 집에서, 학교에서, 사회에서 우리는 생생하게 경험했다. 그러니 축구마저도 반드시 이기지 않으면 온 국민이 불안해질 수밖에 없는 전쟁이 될 수밖에 없었다. 차라리 졌다고 생각하고 그 불안에서 벗어나려는 노력, 그게 바로 "졌다, 졌어. 진 거야"라는 반어적인 체념이 아닐까?

그러므로 청년이 된 나는 모든 스포츠를 경멸했다. 그건 달리기도 마찬가지였다. 내게 달리기란 이를 악물고 달려야만 만점을 받을 수 있는 체력장의 오래달리기, 아니면 낙오하게 되면 나로 인해 모든 소대원들이 기합을 받게 되는 산악구보 같은 것을 의미했다. 다른 누군가를 이기지 않는다면, 결국 패배자가 된다는 것, 그리고 이 패배자는 누구에게도 환영받지 못한다는 것. 내게 스포츠란 그런 의미였다. 하지만 나는 이상하기만 했다. 과연 이기지 않는 것은 패배를 뜻하는 것일까? 지지 않는다는 말이 반드시 이긴다는 것을 뜻하는 것일까?

처음 대회에 참가해 결승점에 들어갔을 때의 일이었다. 참으로 부끄러운 기록으로 뛰는 둥 마는 둥 고개를 푹 숙인 채 경기장 초입으로 접어드니 길 양옆으로 우리가 들어오기만을 손꼽아 기다리던 가족들이 늘어서 있었다. 이렇게 많은 사람들이 내 꼴을 보고 있구나, 그런 부끄런 마음이 드는 순간 정말 놀라운 일이 벌어졌다. 얼굴도 모르는 그 사람들이 내게 박수를 치면서 이제 조금만 가면 된다고 격려해 주는 것이었다. 그 환호를 대하자마자 내 등이 쭉 펴지면서 온몸에 생기가 도는 게 느껴졌다. 누가 봤다면 곧 세계신기록으로 결승점을 통과하려는 선수라고 생각했을지도 모른다.

달리기를 통해서 내가 깨닫게 된 일들은 수없이 많다. 뛰어볼까 하는 생각이 드는 바로 그 순간이 달리기를 하기에는 제일 좋은 때다, 아무리 천천히 뛴다고 해도 빨리 걷는 것보다는 천천히 뛰는 편이 더 빠르다, 앞에서 누군가 사진기를 들고 달리는 사람들을 찍고 있다면, 아무리 힘들더라도 등을 곧추세우고 웃어야만 한다(안 그러면 반라 차림에 일그러진 얼굴로 괴로워하는 사진이 인터넷을 떠돌지도 모른다) 등 등등.

그중 내 삶에 가장 큰 영향을 끼친 건 지지 않는다는 말이 반드시 이긴다는 걸 뜻하는 것만은 아니라는 깨달음이었다. 지지 않는다는 건 결승점까지 가면 내게 환호를 보낼 수많은 사람들이 있다는 걸 안다는 뜻이다. 아무도 이기지 않았건만, 나는 누구에게도 지지 않았다. 그 깨달음이 내 인생을 바꿨다.

>> **차 례**

2장 | 생맥주, 취한 마음, 호시절의 마라톤맨

5장 | 더 많은 공기를, 더 많은 바람을

1장

......

여름다운 여름,
겨울다운 겨울

지금 여기에서 가장 좋은 것을 좋아하자.
하지만 곧 그것보다 더 좋은 것이 나올 텐데.
그때는 그 더 좋은 것을 좋아하자.
그게 최고의 인생을 사는 법이다.

기뻐하고 슬퍼하라,
울고 웃으라

젊은 사람이 몇십 년을 더 살게 된다면 아마도 늙은이가 될 것이다. 이게 별일도 아닌 것 같은데, 가끔씩은 좀 놀랍기도 하다. 그 몇십 년이라는 게 지나고 나면 흔적도 없이 쏜살같이 사라진 것이어서 더욱 그렇다. 내가 마르코 폴로처럼 파란만장한 인생을 살아서 감옥에 갇혀서도 지루할 틈도 없이 지난 생애를 늘어놓을 수 있는 사람이라면 나이가 들었대도 억울하진 않을 텐데, 그럴 리 만무. 해서 마르코 폴로까지는 아니더라도 추억할 수 있는 일들이 많은 삶을 살아 보자고 매 순간 다짐하는데도 그게 쉬운 일만은 아니다.

요즘에는 매일 윗몸일으키기를 하는데, 끙끙대며 몸을 일으키다 보니까 "휴우, 내가 윗몸일으키기라는 걸 시작한 지가 벌써 30년은 넘었네"라는 생각이 들면서 좀 한심했다. 초등학생 때 이런저런 이유로 미래를 상상할 때가 많았는데, 아무리 상상해도 21세기라는 건 도대체 어떤 세상일지 상상할 수 없었다. 초등학교 시절에 정기구독하던 〈소년중앙〉에 미래 칼럼을 쓰던 김정흠 박사님은 21세기가 되면 우리는 우주왕복선을 타고 우주정거장에 다닌다고 했으니까. 그게 과연 상상이나 가능했겠는가? 그런데 21세기가 시작된 지도 꽤 오랜 시간이 지난 지금, 나는 여전히 윗몸일으키기나 하고 있으니 좀 웃을 수밖에.

세상이란 초등학생들의 기대처럼 그렇게 쉽게 바뀌지 않는 것 같다. 나쁜 사람들은 여전히 나쁘고, 강한 사람들은 여전히 자신의 힘을 이기적으로 사용하고, 가진 사람들은 여전히 더 많이 가지려고 애쓴다. 자란다는 건 내일의 세계가 오늘의 세계보다 더 나아진다는 걸 믿는 일일 텐데, 세상이 이 모양이라는 걸 아는 순간부터 우리는 자라기가 좀 힘들어진다. '이 세상은 좋은 것도, 나쁜 것도 아닌 상태로 그냥 존재하는 거야. 존재란 그냥 존재하는 것이지, 좋다고 말해서도, 나쁘다고 말해서도 안 돼.' 그래서 경전을 들춰 보면 이런 말들이 나오는 모양이다. 웬만큼 살아 보니, 경전의 말씀들이다 맞다고 생각한다.

하지만 좋지도 않고, 나쁘지도 않은 세계를 산다는 건 쏜 살같이 사라지는 세계에서 산다는 뜻이나 마찬가지다. 나중에는 나 역시 경전의 말씀을 인정하게 될 테지만, 아직까지는 그런 세계에 살고 싶지 않다. 이별할 것이 겁이 나서 아예 누군가를 만나지 않는다거나, 이 세계는 고통에 가득 차 있으니 미리미리 그런 고통을 피해서 살아 가고 싶은 생각은, 아직은 없다. 그보다 나는 더 좋아지거나, 더 나빠지는 세계를 원한다. 더 좋은 존재여서 나를 감동시키거나, 더 나쁜 존재여서 내게 분노를 일으키게 만드는 것들로 가득한 세계가 아직은 내가 원하는 세계다. 왜냐하면 그런 세계는 나의 감각을 일깨우기 때문이다.

이 세계가 내 감각을 일깨우는 한, 나는 매 순간 깨어 있을 수 있다. 경전의 말씀을 부정하면서 글을 썼지만, 이건 다시 경전의 말씀으로 돌아가는 이야기다. 마르코 폴로의 일생은 분명 실패한 삶이다. 세속적으로 바라봤을 때, 이탈리아의 지방 시장으로 살았더라면 그의 삶은 성공한 삶이 됐을 것이다. 하지만 시장으로서 그가 선과 악에 무디어지고, 하루하루 반쯤 잠든 채로 살아간다면 그걸 제대로 된 삶이라고 말하긴 어렵다. 다시 말해서 희로애락의 고통을 피하면서 행복하게 사는 길이 지복의 삶은 될 수 없다는 얘기다. 그건 복에 머무는 삶이 아니라 감각이 잠든 삶이리라. 감각이 잠들면 우린 자신이 지금 숨을 쉬고 있는지 어떤지조차 알지 못한다.

무슨 대단한 깨달음을 말하려는 건 아니다. 다만 나는 고통이나 기쁨의 본질에 대해서 말하고 싶은 것이다. 요즘처럼 더운 날에는 오후 6시가 지나도 햇살은 무척 뜨겁다. 에어컨이 빵빵 나오는 카페에 앉아서 창밖을 바라보노라면 걸어 다니는 일 자체가 인생의 고난을 상징하는 듯하다. 하지만 바로 그런 순간에 나는 달리기를 해야만 한다. 일부러 고통을 찾으려는 마음이 있는 건 물론 아니다. 내가 달리기를 할 수 있는 시간은 오후 6시이기 때문이다. 시간은 그때뿐인데, 햇살이 뜨겁다고 해서 피할 수는 없는 일이다.

뜨거운 햇살이 내리쬐는 오후 6시의 달리기를 통해서 깨닫게 되는 것은, 우선 두려움과 고통은 다르다는 점이다. 달리기 직전까지가 힘들까 봐 두려운 거지, 일단 달리기 시작하면 두려움 같은 건 사라진다. 더 힘들어질까 봐 두려워하는 마음도 사실 더 힘들어지면 또 사라진다. 반면에 고통은 순수한 경험이라 미리 겪을 수 없지만 분명히 거기 존재한다. 우리 안에 존재하는 게 아니라, 우리 바깥에 존재한다. 그래서 달리는 내내 열기로 인한 그 고통은 나를 둘러싸고 놔 주지 않는다. 나는 온몸의 감각을 모두 동원해서 그 고통을 맛볼 수밖에 없다.

이런 식이다. 미칠 것처럼 덥고, 목이 마르다. 숨이 차고, 다리 근육이 팽팽해진다. 나무 그늘 아래를 달리면 시원해지고, 거기를 벗어나면 다시 덥다. 계속 이런 식이다. 매 순간 나는 뭔가를 느낀다. 힘들기 때문에 느끼지 않을 수 없는 것이다. 그리고 그런 걸 세세하게 느끼는 한에는 시간이 한없이 길어진다. 단숨에 계획한 거리를 달려 오늘의 달리기를 끝내면 좋겠지만, 그런 일이 일어날 리가 없기 때문에 시간은 길어지는 셈이다. 그 순간의 느낌으로 말하자면, 내가 늙어 죽는 일은 절대로 일어나지 않을 것만 같다.

나는 여기에 어떤 비밀이 숨어 있다고 생각한다. 달리기를 끝낼 때마다 나는 어마어마한 만족감을 느끼는데 그건 단지 계획대로 달렸기 때문이 아니다. 달리는 동안에는 나를 둘러싼 세계의 모든 것을 느낄 수 있었다는 그 사실 때문이다. 희로애락과 같은 인간의 감정에서 초월한, 더없이 편안한 상태에서 달리는 사람은 쉽게 찾아보기 힘들다. 그건 잠을 자면서 달린다는 소리다. 마찬가지로 잠을 자면서 살아가는 사람이 될 수는 없는 일이다. 틱낫한 스님이 전하는 베트남의 속담은 다음과 같다. "공동체를 떠난 수행자는 파괴될 것이다. 산을 떠난 호랑이가 인간에게 잡히듯이." 내 식대로 고치자면, 삶의 수많은 일들을 무감각하게 여기는 사람은 순식간에 노인이 될 것이다. 기뻐하고, 슬퍼하라. 울고 웃으라. 행복해하고 괴로워하라.

달리기는 언제나
즐거운 일이다

엠마뉘엘 카레르가 쓴 장편소설 〈나 아닌 다른 삶〉을 읽는
데, 이런 문장이 나왔다. "방문은 언제나 즐거운 일이다. 도
착할 때 그렇지 않으면 떠날 때라도 반드시 그렇다." 소설 속
화자는 암으로 죽어 가는 처제의 집에서 우연히 베아트릭스
벡의 〈더 멀리, 어디로?〉라는 책을 펼쳤다가 이 문장을 발견
한다. 아마도 불편한 그 방문이 어서 끝나기를 바라는 화자
의 심정을 표현한 장면이리라. 책을 읽다 보면, 이런 식으로
어떤 문장이 눈에 쏙 들어올 때가 있다. 이 문장의 뜻을 곰곰
이 생각해 봤다. 서로 그리운 사람들이라면, 방문 자체가 즐
거울 것이다. 하지만 싫지만 어쩔 수 없이 방문했대도 상관
없다. 그 방문은 결국 끝나기 때문이다. 아무리 괴로운 방문

이라도 끝날 때는 역시 즐거울 것이다.

제아무리 힘들더라도 여행하는 동안에는 젖 먹던 힘까지 동원해서 하나라도 더 보려고 애쓴다. 여행에도 반드시 끝이 있기 때문이다. 얼마 전에 나는 타이완에 다녀왔다. 그 여행의 교훈은 제정신이라면 여름에는 타이완을, 그것도 타이페이를 갈 생각을 하지 말아야만 한다는 점이었다. 옷을 갖춰 입고 찜질방 불가마 속을 하루 종일 걸어 다니면 대충 8월의 타이완 여행과 비슷하리라. 그럼에도 나는 그 찌는 듯한 더위를 웃으면서 견딜 수 있었다. 왜냐하면 타이페이 타오위안 국제공항에 내렸을 때, 나는 그 여행이 나흘 뒤면 끝난다는 걸 알고 있었으니까. 죽기 전에 내가 다시 타이페이를 방문할 수 있을까? 여행지에서는 그런 질문을 자주 던지기 때문에 영혼이 깨어나지 않을 도리가 없다. 아마 평상시에도 그런 질문을 반복적으로 던진다면, 누구의 영혼이라도 깨어나리라.

죽기 전에 내가 이런 소설을 다시 쓸 수 있을까? 이런 질문은 내게 무척 중요하다. 서른다섯 살에 쓴 소설을 읽노라면 다시는 그런 소설을 쓰지 못할 것 같다. 그러므로 지금 쓰는 소설 역시 미래의 내가 다시 쓸 수 없는 소설이겠지. 그 사실을 알고 나면 소설을 쓰는 순간은 모두 최후의 순간이라는 것도 알게 된다. 다시 그런 소설을 쓸 수는 없을 테니까. 그렇다면 써 볼 건 다 써 봐야만 한다. 힘들다고 더 이상 못 쓰겠다고 말하는 건, 타이페이를 갔더니 너무 더워서 호텔에서 한 걸음도 나가지 못했다고 말하는 것과 똑같다. 내가 타이페이를 다시 방문할 일은 없을 것이다. 그렇다면 무엇을 해야만 할까? 더위보다는 경험에 집중하게 되겠지. 마찬가지로 중요한 것은 고통이 아니라 지금 소설을 쓰는 일이다. 그리고 고통이 아니라 지금 소설을 쓰는 일에 몰입한다면 결국에는 소설을 완성하는 순간이 찾아온다. 마치 짧은 여행이 끝나고 남쪽 나라의 뜨거운 도시를 떠날 시간이 결국 찾아오는 것처럼. 그때 우리는 짧은 행복을 누린다.

고통이 아니라 경험에 집중하는 일을 반복적으로 행하는 건 삶을 살아가는 데 상당히 도움이 된다. 우리의 삶 역시 끝이 있는 여행이지만, 그 사실을 매 순간 염두에 두면서 살아가는 사람은 거의 없다. '다모클레스의 칼'이라는 서양의 격언을 들어 본 일이 있으리라. 시칠리아 시라쿠스의 참주였던 디오니시오스 1세는 한 호화로운 연회에서 측근인 다모클레스를 자기 자리에 앉혔다. 그 자리에 앉고 나서야 다모클레스는 말총 한 올에 매달린 칼날이 자기 머리를 겨냥하고 있다는 사실을 알아차렸다. 그리하여 다모클레스가 깨닫게 된 것은? 제아무리 부유하고 권력 있는 자리에 앉았다고 하더라도 인간의 삶에는 반드시 끝이, 그것도 전혀 예상하지 못하는 시간에 찾아온다는 것이었다. 누구라도 그런 자리에 앉았다가 일어나면 자기 인생의 사소한 부분까지 모두 사랑할 것이다. 하지만 문제는 우리에게는 디오니시오스 1세처럼 인생의 진리, 즉 모든 것에는 끝이 있다는 사실을 가르쳐 주는 사람이 잘 없다는 점이다. 우리가 삶의 사소하나 다시 찾아오지 않을 순간들을 무시하고 굵직굵직한 것들의 꽁무니만 쫓아다니다가 결국 후회하면서 죽는 까닭은 그 때문이다.

매일 달리는 일의 즐거움 역시 달리기 그 자체가 아니라 다른 것에 있는 게 아닌가는 생각이 든다. 물론 몸이 건강해지고 삶에 활력이 넘치는 것은 좋은 일이다. 그러나 그보다 더 좋은 일은 매일 끝까지 달리는 일이다. 보통 1시간 안팎으로 달리는데, 그 시간이 모두 즐거울 것이라고 생각할 수는 없다. 물론 달리기를 하다 보면 마치 근육이 아니라 의도만으로 몸이 움직인다는 느낌이 들면서 고통 없이 속도감을 만끽할 때가 있다. 그때는 내가 마음먹은 대로 몸이 움직인다는, 그러니까 내 육체를 완전히 통제한다는 사실에서 비롯하는 깊은 만족감을 느낀다. 하지만 그건 전체 달리기 중에서 극히 짧은 순간이다. 많은 시간, 나는 내 생각보다 몸이 무겁다는 사실에 당황한다. 그래서 달리는 동안에는 괴로움이나 고통을 몰랐다는 말은 거짓말이라고 생각한다. 사실은 늘 고통스런 순간이 찾아왔다고 말하는 게 옳다. 이상한 일은, 그럼에도 불구하고 끝까지 달리고 나면 기쁨이 찾아온다는 점이다. 이 기쁨은 정말 뜻하지 않은 것이어서 마치 길을 가다가 큰돈을 줍는 것과 같은 기분이 들게 한다. 사전에는 활수(滑手)라는 단어가 있는데, 그 뜻은 "무엇이든지 아끼지 않고 시원스럽게 잘 쓰는 씀씀이"라고 나와 있다. 달리기를 마치고 나면 활수 좋게 산다는 게 어떤 뜻인지 알게 된다.

오랫동안 나는 이런 활수의 상태가 어디에서 비롯되는지 궁금했다. 처음에는 몸이 건강해지니까 그런 여유가 생긴다고 생각했다. 처음엔 달리기 시작하는 이유가 거기 있었으니까. 하지만 몇 년이 지나고 보니 달리기 자체에 몰입하는 시간 때문이라는 생각이 들었다. 몸은 전혀 뛰고 싶지 않은데도 달리고 싶다는 마음이 들 때도 있었다. 그럴 때는 몸 때문이 아니라 마음 때문에 달리는 것 같았다. 그러다가 최근 들어서는 아마도 매일 뭔가를 끝낸다는 그 사실에서 이 기쁨이 오는 게 아닌가는 생각이 든다. 고통과 경험이 혼재하는 가운데, 거기 끝이 있다는 사실을 확신하고 자발적으로 고통이 아니라 경험을 선택할 때, 그리고 달리기가 끝나고 난 뒤 자신의 그 선택이 옳았다는 걸 확인할 때, 그렇게 매일 그 일을 반복할 때, 세세한 부분까지 삶을 만끽하려는 이 넉넉한 활수의 상태가 생기는 것이라고. 어쨌든 아직까지 그 이유는 모른다. 그렇지만 이렇게 말하는 건 가능하리라. 달리기는 언제나 즐거운 일이다. 시작할 때 그렇지 않다면, 끝날 때는 반드시 그렇다.

끈기가 없는,
참으로 쿨한 귀

    내 귀는 뭐랄까, 끈기가 없다고나 할까. 당체 진득하게 한 가지에 오랫동안 달라붙지를 못하는 귀다. 풀기라고는 찾아볼 수가 없는, 말하자면 쿨한 귀라는 생각이 든다. 가끔씩 독자들에게서 어떻게 그렇게 다양한 음악을 듣느냐는 질문을 받을 때마다 혼자서 하는 생각이다. 얼마나 쿨한 귀인지 한동안 줄기차게 듣던 노래라도 좋은 노래를 새로 발견하면 금방 애착을 버린다. 노래는 일편단심의 마음으로 들을 수밖에 없다. 동시에 두 곡의 노래를 들을 수는 없기 때문이다. 그래서 언제나 내가 제일 좋아하는 노래는 하나, 단 하나뿐이다.

    예전에 '모두인 동시에 하나인'이라는 제목의 소설을 쓴 적이 있다. 한 사람을 사랑한다는 건 그 사람의 모든 가능성을 사랑한다는 뜻이니까 모든 사람을 사랑하는 것이나 마찬가지라는 뜻에서 붙인 제목이었다. 사람을 사랑하는 일에는 그런 면이 없지 않지만, 노래를 듣는 일은 그렇지 않다. 푹 빠져서 어떤 노래를 듣고 있노라면 새 밴드가 앨범을 발표한다. 호기심에 들어 보면, 역시 멋진 노래가 있다. 그래서 한동안 그 노래를 들으며 지낸다. 세상에는 밴드나 뮤지션이 너무나 많기 때문에 이 과정은 무한 반복된다. 그 결과, 나는 끈기가 없는, 참으로 쿨한 귀를 가지게 된 것이다.

그러고 보면 내가 처음 비틀스의 음반을 산 지도 30년 가까운 세월이 흘렀다. 오아시스레코드의 은빛 케이스에 든 1위 모음집이었다. 그 테이프에서는 '헤이 주드Hey Jude'가 제일 좋았다. 지금도 그 노래의 후렴구를 흥얼거리면("나 나나 나나나나~") 오래전 우리 집 골목과 그 골목의 초입에 있던, '영상'이라는 고전적인 제목의 음반가게가 떠오른다. 그다음에는 듀란듀란의 '7과 너덜너덜해진 호랑이Seven and The Ragged Tiger'를 구입했는데, 그 앨범의 히트곡인 '더 리플렉스The Reflex'를 시작하는 사이먼 르 봉의 콧소리만 들으면 1984년의 추석이 바로 떠오른다. 그때 성묘를 다녀오던 산길에 웃자란 잡초들까지도. 그다음에는 프린스의 '보랏빛 비Purple Rain'다. 이 노래는 그때 사이좋게 지내던 친구의 방에서 나던 냄새를 기억하게 만든다.

나는 어쩌자고 그런 세세한 것들까지 다 기억하게 됐을까? 그건 전적으로 끈기가 없이 얄팍한 귀 때문이다. 소설에 빠진 뒤에도 그랬지만, 처음 팝송이라는 걸 알았을 때 내가 원한 건 세상의 모든 노래를 듣는 일이었다. 나중에야 그건 불가능하다는 걸 알았지만, 그때만 해도 노력하면 그 음반 가게에 꽂힌 팝송 앨범은 다 들을 수 있을 것 같았다. 그래서 새 노래를 들을 기회가 있으면 닥치는 대로 들었다. 그때부터 지금까지 쭉, 나는 언제나 최고의 노래를 듣고 있다. 물론 한 노래에 빠지는 기간은 짧았지만. 하지만 짧게 빠지는 바람에 좋아했던 노래를 들으면 그 노래를 듣던 시절의 일들이 생생하게 기억난다. 유행가를 나는 좋아한다. 영원과는 거리가 먼, 곧 잊힐 노래라서. 그럼에도 바로 그 이유로 영원히 기억에 남으므로.

유행가의 교훈이란 이런 것이다. 지금 여기에서 가장 좋은 것을 좋아하자. 하지만 곧 그것보다 더 좋은 것이 나올 텐데, 그때는 그 더 좋은 것을 좋아하자. 물론 더 좋은 것도 오래가지는 않을 것이다. 그럼 다른 더 좋은 것을 좋아하자. 아무튼 지금 여기에서 가장 좋다고 생각하는 것만 좋아하자. 그게 바로 평생 최고의 노래만 듣는 방법이다. 그렇다면 인생도 마찬가지가 아닐까? 최고의 삶이란 지금 여기에서 살 수 있는 가장 좋은 삶을 사는 것이리라. 물론 가장 좋은 삶이라는 건 매 순간 바뀐다는 사실을 잊어서는 안 된다. 그런 식으로 제대로 산다면, 옛날에 좋아하던 유행가를 들을 때처럼 특정한 시기를 떠올리게 하는 경험들을 많이 할 것이다.

결국 최고의 삶이란 잊을 수 없는 일들을 경험하는 삶이라는 뜻이다. 겨울의 달리기는 정말 대단하다. 그건 달리기가 아니라 고문처럼 느껴지기도 한다. 여름의 달리기도 마찬가지다. 폭염 속을 달리고 있으면 뜨거운 바람 때문에 숨이 막힌다. 하지만 여름에 할 수 있는 최고의 달리기란 뜨거운 햇살과 서늘한 그늘을 번갈아 가며 지나가는 달리기다. 30도가 넘는 낮에 달린 일을 어떻게 잊을 수 있겠는가? 게다가 두 달만 지나도 이제 그런 달리기를 하긴 어려워질 텐데. 최고의 달리기를 하는 건 정말이지 너무나 쉬운 일이다. 그렇다면 최고의 삶도 마찬가지다.

막 청춘의 절정이
지나갔다

　내게 청춘이란 7월 중순, 평일 오후의 테니스장 같은 이미지다. 뜨겁고 뜨겁고 뜨거운 햇살이 내리쬐는 날이라 코트는 거의 비어 있다. 땅에서는 햇살의 열기가 고스란히 다시 올라온다. 그 길을 따라 걸어가는데, 어디선가 라켓으로 공을 때리는 소리가 규칙적으로, 한가롭게 들려온다. 나는 그 소리를 들으며 문득 조금 전까지 여름은 절정을 향해 가고 있었는데, 이제는 그 절정을 지나 여름이 내게서 막 떠나가기 시작했다고 느낀다. 약간의 아쉬움, 하지만 그렇다고 해서 붙잡고 싶은 욕망은 들지 않는 그런 순간. 내게 청춘이란 그런 것이었다.

　내게도 그런 순간을 느끼게 한 시절이 있었다. 1996년이었고, 나는 스물여섯 살이었다. 그 전해 여름, 대학을 졸업한 뒤로 나는 취직할 마음은 전혀 없이 번역으로 생계를 이어갈 방법을 알아보고 있었다. 다행히 아는 선배가 편집장으로 있는 출판사에 기획안을 내밀어 번역을 맡게 됐다. 미국 소설가 잭 케루악의 〈길 위에서〉라는 소설이었다. 1950년대 미국의 청년 두 사람이 차를 타고 북미 대륙을 횡단한 일을 다룬 소설이었다. 지금은 스물여섯 살에 그 소설을 번역한다는 건 힘든 일이라고 생각한다. 스물여섯 살에는 그 무엇을 하든 미숙하니까. 그렇지만 그 소설을 번역하지 않으면 아무런 할 일이 없었기 때문에 나는 필사적으로 번역에 매달렸다.

1995년 겨울부터 이듬해 여름이 시작될 무렵까지, 매일 아침 9시부터 오후 6시까지 그 소설을 번역했다. 그때는 초등학교 시절부터 알고 지낸 친구와 결혼하지 않은 누나와 나, 이렇게 셋이서 아파트를 하나 빌려서 방 한 칸씩을 차지하고 생활할 때였다. 친구와 누나는 아침이면 회사에 출근했다. 나는 작업할 만한 공간이 없어서 베란다 한쪽 벽에 붙인 책상에서 일을 했다. 책상 한구석에 작은 라디오를 갖다 놓고 하루 종일 FM방송을 들었다. 50분 일하고 10분 쉬는 식으로 번역했다. 얼마간 번역하다 보면 어느새 라디오 프로그램이 바뀌었다. 발라드가 나오다가 트로트가 나왔고, 또 게스트가 등장했다가는 DJ가 사연을 읽어줬다. 그러다 보면 금방 저녁이 찾아왔다. 하루 동안 우리가 들을 수 있는 노래가 얼마나 적은지, 그때 처음 알았다.

봄이 시작되면서 낮은 점점 길어졌고, 그 베란다에서 보내는 시간도 점점 더디게 흘렀다. 〈길 위에서〉에는 여행 경로와 지명이 많이 나왔기 때문에 도움을 받으려고 나는 책상 위 베란다 벽에다가 교보문고에서 사 온 미국 지도를 붙여 놓았다. 이따금 번역하다가 나는 소설에 나오는 국도의 번호와 지명을 지도에서 찾아서 표시했다. 내 스물여섯의 봄이라면, 소설 속 두 청년이 뉴욕을 떠나 보스턴, 덴버 등을 거쳐 샌프란시스코에 도착할 때까지 몇천 개의 영어 문장을 옮긴 것으로 기억할 수 있겠다.

그해의 여름은 나머지 분량을 번역하면서 시작했다. 청년들은 아직 두 번의 여행을 더 해야만 했다. 영어 문장과 모니터와 미국 지도를 번갈아 보는 시간이 이어졌다. FM에서는 아침부터 저녁까지 달콤한 노래들이, 시시껄렁한 잡담들이, 절절한 사연들이 흘러나왔다. 중반을 넘기면서부터 번역은 힘들어지기 시작했고, 그에 비례해서 하루는 점점 더 길어졌다. 그런데도 꾹 참고 번역하는데, 그런 생각이 들었다. '어쩌면 이런 소설을 번역해서 생계를 유지한다는 건 애당초 불가능한 일이었는지 몰라.' 그런 생각은 나를 앞날에 대한 불안감으로 이끌었으므로 되도록 피하려고 했지만, 결국엔 '그렇다면, 그렇다면 이제 어떻게 살아야 하는가?'는 의문으로 이어졌다. 이런 청춘이라니. 하고 싶은 일투성이인데, 정작 할 수 있는 일은 하나도 없다니.

여름도 한복판에 이르러, 뜨거운 햇살 때문에 블라인드를 친 베란다에 앉아 있는 일마저도 버거워지기 시작할 무렵, 나는 정말 끝이 나지 않을 것만 같았던 그 번역을 끝마쳤다. 처음에는 재미있어서 시간 가는 줄 몰랐다가 중간을 지날 즈음에는 이걸 다 번역한다고 해서 내가 원하는 삶을 살 수 있을까는 의심이 들기 시작했고, 마지막 부분에 이르러서는 젊은 내가 하기에 너무 지루한 일이라고 생각했다. 다른 삶. 그때 나는 다른 삶을 생각했다. 이 세상 어딘가에는 이것 말고 다른 삶이 존재할 것 같았다. 녹초가 된 나는 소설 속 청년들의 경로를 표시해 놓은 미국 지도를 한참 들여다봤다. '저건 또 무슨 의미일까?'

그 경로가 무슨 의미인지 이해하려고 한 끝에 나는 두 명의 친구에게 전화를 걸었다. 전화로 나는 그들에게 한국 지도를 보면 동해안을 따라 내려가는 7번 국도가 있다는 걸 알 수 있는데, 장마가 끝나고 나면 자전거를 타고 그 7번 국도를 달려 보자고 제안했다. 다행히도 두 친구는 모두 직장에 다니지 않았기 때문에 그러자고 동의했다. 그렇게 해서 우리는 삼척에서 포항까지 자전거를 타고 여행했다. 거기를 다녀오면 뭔가 다른 삶에 대해서 알 수 있으리라고 생각했다. 하지만 막상 자전거를 타고 가 보니, 그 여행이란 처음에는 재미있어서 시간 가는 줄 몰랐다가 중간을 지날 즈음에는 포항까지 간다고 해서 내가 원하는 삶을 발견할 수 있을까는 의심이 들더니, 여행이 끝날 무렵에는 역시 젊은 내가 하기에 너무 지루한 일이라는 생각이 드는 것이었다.

7번 국도의 중간쯤에 이르렀을 때였다. 우리는 점심을 먹은 뒤, 하도 덥고 힘들어서 길가의 나무 아래서 낮잠을 잤다. 깨어난 뒤, 그 동네 할아버지에게 포항까지 얼마나 걸리느냐고 물었다. 할아버지는 5백 리라고 대답하면서 자전거를 타고 거길 어떻게 가느냐고 걱정스럽게 우리에게 말했다. "하루 만에 갈 건 아니에요"라고 우리는 웃으며 합창했다. 자고 일어났더니 햇살도 많이 기울고 피로도 풀렸기 때문에 우리는 빠른 속도로 출발할 수 있었다. 아마도 그 여름의 절정이 지나갔다면, 그날 낮에, 우리가 낮잠을 잘 때, 우리도 모르게 지나간 게 틀림없었다. 그렇다면, 내 청춘의 절정이 지나갔다면, 그것 역시, 아마도.

결국 〈길 위에서〉는 출판되지 못했다. 7번 국도를 다녀온 뒤에도 내 삶은 바뀌지 않았다. 하지만 어쨌든 여름은 지나갔다. 되돌아볼 때 청춘이 아름다운 건 무엇도 바꿔 놓지 않고, 그렇게 우리도 모르게 지나가기 때문인 것 같다.

하늘을 힐끔
쳐다보는 것만으로

최근에 이사를 했다고 고향에서 부모님과 형님네가 새집 구경을 왔다. 덕분에 세 식구가 살기에는 좀 크다 싶었던 집이 복작거려서 좋았다. 같은 동네에 사는 누나까지 오니 어릴 때의 기억이 떠올랐다. 나만 해도 형제가 셋이니까 아침에 밥을 먹을라치면 꽤 요란했다. 아버지가 틀어 놓은 라디오에서 '비둘기집'이라는 아침 연속극이 흘러나오는 동안 육성회비를 달라는 둥, 콩자반에 질렸다는 둥 이런저런 말들이 오갔다. 내 기억에 어린 시절의 아침은 언제나 그처럼 분주했다.

지금은 다른 집과 비슷하게 우리 집에도 아이는 하나뿐이다. 그런 야단법석의 아침을 아이가 경험하기란 힘들다. 그래서인지 아이는 사촌들과 노느라 하루 종일 정신이 없었다. 하루 정도가 지나자 그 북적거림이 좀 피곤해지기 시작한 나와는 달리 아이는 사촌들이 차를 타고 떠나는 그 순간까지 손을 놓지 않았다. 그러면서 차에 오르는 사촌들에게 집에 가서 더 놀자고 간청했다. 그런 아이에게 우리는 이제 인사를 하라고 권했다. 그 순간, 아이가 고개를 돌려 버렸다. 아이는 끝내 인사를 하지 않았고, 자동차가 떠나자마자 엉엉 울어 버렸다.

엉엉엉. 내 경험에 따르면 그럴 때 흘리는 눈물보다 가슴 아픈 눈물은 없었다. 그건 세상이 내 뜻대로 되지 않아서 흘리는 눈물, 함께 있으면 너무나 좋을 게 뻔한 사람들과 헤어지기 때문에 흘리는 눈물이다. 왜 이 삶은 우리가 원하는 대로 영원할 수 없을까? 어린 시절, 친척들로 집안이 북적대던 명절을 보낸 뒤, 며칠 동안 우울한 마음에 젖어 있던 나 역시 그런 의문을 느끼곤 했었다. 나는 아이를 달랬다. 앞으로 세상을 살아가려면 어떤 시간도 영원하지 않으며, 또한 행복한 날이 하루라면 외로운 날도 하루라는, 그런 식으로 이 우주는 공정하다는 사실을 이해해야만 한다고 말해 주고 싶었다. 하지만 무슨 수로 그걸 설명할 수 있을까? 나조차도 아직 제대로 이해하지 못하는데.

살아오면서 나도 이 인생에서 영원한 것은 아무것도 없다는 사실에 여러 번 상처를 받았다. 기쁨이든 슬픔이든 우리는 삶의 순간순간을 한 번만 경험한다. 추억으로 그 순간을 여러 번 되새길 수 있겠지만, 시간이 지날수록 그 강렬함은 점점 줄어든다. 아무리 사진을 찍고 일기를 쓰고 비디오로 촬영해도 한 번 지나간 뒤의 일들은 더 이상 내 감각의 대상이 아니다. 그래서 이 삶에서 나는 지금 이 순간을 지금 이 순간에 경험하는 일을 배워야만 한다. 내 인생이 저마다 다른 나날들로 이뤄진 까닭은 바로 그 때문이라고 생각한다. 나는 날마다 익혀야만 한다. 그럴 때, 내게 학교가 되는 건 숲이다. 숲에서 영원한 것은 하나도 없으니까.

맑은 날씨가 사나흘 이어진다. 산벚나무 가지 어디선가 낯설게 생긴 새가 지저귄다. 그날 하루는 맑으리라. 그러니 그 새소리에 내 마음은 평화롭다. 하지만 화창하던 하늘로 구름들이 몰려오면 모든 게 달라진다. 바람은 당장이라도 부러뜨릴 듯 나무를 뒤흔든다. 새들은 어디로 갔는지 보이지 않는다. 당연히 노랫소리도 없다. 그런 날에 나무들은 그 험한 바람을 어떻게 견딜까? 새들과 그 지저귐은 어디에서 그 비를 피하고 있는 것일까? 나무와 새 들도 희망을 생각할까? 마치 우리처럼. 하지만 그럴 리가. 우리는 나무라면 가만히 곧추선 나무를 떠올리지만, 나무가 생각하는 자신의 모습 같은 건 없으리라. 매일 날씨가 다르니 날마다 나무는 달라진다. 맑은 날의 나무와 흐린 날의 나무는 서로 다르다.

날씨는 매일매일 달라진다. 햇살이 눈부시다가 또 흐리다가, 매서운 추위가 계속되다가 다시 훈풍이 불어오고 어느새 계절이 바뀐다. 아침마다 하늘을 올려다본다. 거기 변하지 않는 하늘이란 없다. 그러던 어느 날, 나는 나무와 새 들에게는 어떤 희망도 없으리라는 사실을 깨달았다. 희망은 달콤하지만, 영원한 세계를 원하는 자들을 늘 배신했다. 나무와 새 들은 영영 맑은 하늘이란 있을 수 없다는 자연적인 사실이 있어서 세찬 바람과 축축한 둥지를 견딜 수 있었으리라. 모든 것은 변화하고, 모든 일은 지나간다는 그 자명한 사실 덕분에. 나무와 새 들은 그 사실로 이뤄진 나날을 그저 겪을 뿐이다. 맑은 날에는 맑은 날을, 흐린 날에는 흐린 날을 겪는다.

몰아치는 바람 앞에서도 아무 일이 없다는 듯이 꼿꼿하게 서 있다면, 그건 마음이 병든 나무일 것이다. 마찬가지로 매 순간 달라지는 세계에서는 우리 역시 변할 때 가장 건강하다. 단단할 때가 아니라 여릴 때. 나는 아침에 일어나 하늘을 볼 때마다 내가 여린 사람이라는 걸 인정한다. 여리다는 건 과거나 미래의 날씨 속에서 살지 않겠다는 말이다. 나는 매 순간 변하는 날씨에 민감하게 반응하면서 살고 싶다. 그래서 날마다 그날의 날씨를 최대한 즐기는, 일관성이 없는 사람이 되고 싶다.

가장 건강한 마음이란 쉽게 상처받는 마음이다. 세상의 기쁨과 고통에 민감할 때, 우리는 가장 건강하다. 때로 즐거운 마음으로 조간신문을 펼쳤다가도 우리는 슬픔을 느낀다. 물론 마음이 약해졌을 때다. 하지만 그 약한 마음을 통해 우리는 서로 하나가 된다. 마찬가지로 가장 건강한 몸은 금방 지치는 몸이다. 자신은 지치지 않는다고 말하는 사람들은 서로를 이해하지 못한다. 하지만 약한 것들은 서로의 처지를 너무나 잘 안다. 그러고 보니 나는 여리고, 쉽게 상처 받고, 금방 지치는 사람이다. 다행히도 원래 우리는 모두 그렇게 태어났다.

엉엉엉 울던 아이는 시간이 조금 지나자 울음을 그치고 뭘 하면서 놀까 궁리하기 시작했다. 우리는 집 근처 공원에 가서 오리를 구경하기로 했다. 호수에 사는 오리는 볼 수 있는 날도 있고, 볼 수 없는 날도 있었다. 과연 오리를 볼 수 있을지 장담할 수 없었지만, 어쨌든 우리는 오리를 보러 공원까지 갈 수는 있었다. 오리는 한참 지나서야 물풀 사이에서 뭍으로 걸어 나왔다. 밤이 되면 오리는 다시 어딘가로 숨어들어 잠들 것이다. 그와 마찬가지로 우리도 집에서 잠들 것이다. 그리고 아침에 깨어난다면 새로운 날이 시작됐음을 알게 될 것이다. 하늘을 힐끔 쳐다보는 것만으로.

그저 말할 수만 있다면,
귀를 기울일 수만 있다면

    대학교 1학년 내내 자취방과 하숙집을 옮겨 가면서도 내가 버리지 않고 들고 다닌 컵이 하나 있다. KFC에서 만든 컵이었다. 환경을 오염시킨다는 지적을 받은 뒤부터는 얇은 종이로 바뀠지만, 그 시절에는 스티로폼으로 만들어 두꺼웠다. 그 컵에다 콜라를 마신 건 1989년 2월 26일 저녁이었다. 그날의 일기가 남아 있기 때문에 이렇게 정확한 날짜까지 쓸 수 있다. 부모님은 명륜동 뒷골목에 구한 내 첫 번째 자취방을 둘러보고 고향으로 돌아가기 위해 서울역 KFC에서 기차를 기다리고 계셨다.

    그 시절의 KFC에서는 캔맥주도 팔았기 때문에 아버지는 술을 드셨다. 나는 출발 시간이 빨리 찾아와 두 분이 어서 서울역을 떠나기만을 원했다. 그때 우리 셋이 어떤 이야기를 했는지 전혀 기억나지 않는다. 아마도 두 분은 내게 이런저런 당부를 하셨으리라. 귀찮을 정도로 많은 이야기를 하셨으리라. 그리고 마침내 기차 시간은 다가왔고, 우리는 자리에서 일어났다. 먹고 남은 것들을 쓰레기통에 버려야 했는데, 나는 그 컵을 버리지 않고 들고 나왔다. 컵을 든 채로 부모님을 배웅했다. 그리고 마침내 나는 그토록 간절하게 원하던 대로 혼자만의 방에서 살게 됐다. 그 컵은 그날의 기념품이었다.

그날 이후로 나는 서울에서 혼자 살기 시작했고, 어쩔 수 없이 외로워졌다. 그러지 않았다면, 나는 지금쯤 어떤 사람이 됐을까? 아마도 "너를 안다, 정말 잘 안다, 네가 무슨 속셈으로 그러는지 다 알고 있다, 네가 틀렸다는 것을 안다, 그걸 알기 때문에 나는 옳다"라고 말하는 사람이 됐을지도 모른다. 외로운 밤들을 여러 번 보낸 뒤에야 나는 어떤 사람의 속마음을 안다는 건 무척이나 어렵다는 걸 알게 됐다. 하물며 누군가의 인생이 정의로운지 비겁한지, 성공인지 실패인지 말하는 것은 완전히 불가능했다.

그날, 기차를 타고 내려가면서 부모님이 나를 홀로 두고 떠나는 게 슬퍼서 눈물을 흘렸다는 건 나중에야 전해 들었다. 왜 우셨을까? 나는 혼자 사는 게 그토록 좋은데. 그런 생각들. 서로 엇갈리는 두 개의 기차처럼 부모와 아들의 삶도 그렇게 엇갈린다. 부모님은 여전히 고향에 사신다. 내겐 복된 일이다. 22년 전에 비해서, 부모님도 나도 늙어 버렸다. 그런 점에서는 공평한 삶이지만, 부모님이 더 늙은 것만은 사실이다. 이제는 더 늙을 수 없을 만큼 늙어 버리신 것 같기도 하다.

나를 만나면 두 분은 번갈아, 쉬지 않고 말씀을 하신다. 아들과 대화를 나누는 것이라고 말하면 좋겠지만, 그걸 대화라고 보긴 어렵고 나도 대화라고 생각하지 않는다. 아버지든 어머니든 내게 일방적으로 뭔가를 계속 말씀하신다. 마치 평생 남들에게 들려줘야만 하는 이야기의 총량을 정해 놓고 태어난 사람처럼. 하지만 그동안에는 이런저런 일들을 하느라 그 양을 채우지 못해서 초조해진 사람처럼. 날이 갈수록 두 분은 점점 수다스러워지고 있다. 때로는 두 분이 동시에 다른 말씀을 하시기도 하고 때로는 두 분이 번갈아 가며 말씀하실 때도 있는데, 어떤 경우든 내 대답이나 반응은 신경 쓰지 않는다. 그저 말하는 행위 그 자체가 중요해서 말씀하시는 것 같다.

부모님의 말씀을 들을 때, 내가 듣기의 달인이 될 필요는 없다. 귀가 붙은 아들로 그 앞에 앉아 있으면, 나로서는 할 일을 다 한 셈이다. 그다음부터는 시늉일 뿐이다. 주의 깊게 듣든, 딴생각을 하든 그저 그분들 앞에 가만히 앉아서 이야기를 듣는 척하고 있어야 한다. 그분들 앞에서 어쩔 수 없이 나는 다른 생각을 한다. 써야 할 글들에 대한 생각, 읽을 책들에 대한 생각, 친구들에 대한 생각, 그냥 아무것도 아닌 생각, 어떤 생각도 하지 않으려는 생각 등등. 그러면서 동시에 나는 생각한다. 딴생각에 빠진 아들 앞에서 평생 말해야만 하는 몫의 이야기를 말하기 위해서 말하는 것처럼 말할 때, 부모님은 외롭게 말하고 있는 중이라고.

국어사전에는 이미 '외롭게 말하다'에 해당하는 단어가 있다. 한자로는 '獨語하다', 우리말로는 '혼잣말하다'이다. 이 단어는 듣는 사람이 없는데도 뭔가를 계속 말하는 행위를 가리키는 동사다. 하지만 아들이 귀를 기울이든 기울이지 않든 뭔가를 계속 말씀하시는 부모님을 떠올리면, 그분들은 독어하거나 혼잣말하시는 게 결코 아니다. 상대방에게 가 닿지 않을 수도 있다는 사실을 알면서도 어쨌든 계속 얘기하는 것이다. 이건 아무도 없다는 것을 알면서도 혼자서 중얼거리는 행위와는 구별되리라. 그러니 '그게 가 닿지 않을 수도 있다는 사실을 알면서도 어쩔 수 없이 계속되는 말하기'에 해당하는 단어를 따로 만드는 게 좋겠다. 내가 국어학자는 아니지만, 여기에 해당하는 단어를 '숨말하다'라고 짓고 싶다.

'숨말하다'는 '숨쉬다'처럼 모든 사람에게 일생동안 총량이 정해진 말하기를 뜻한다. 이건 소통 이전의 생존 자체를 위한 말하기다. 식당에서 손을 들어 "여기 물냉면 2인분만 주세요"라고 말하는 것과는 완전히 다른 행위다. 어떤 숨말하기는 상대방에게 가 닿기도 하겠지만, 그래서 진심으로 두 사람은 소통할 수도 있겠지만 대부분의 숨말하기는 말하는 사람으로서는 말하지 않을 수 없어서 말하는 말하기다. 그에게는 더없이 중요한 언어들. 하지만 중요하면 중요할수록 그건 개인적인 말들이어서 듣는 사람은, 설사 가족이라고 하더라도 완전히 이해하기 어렵다.

그래서 숨말하기는 혼잣말하기보다 훨씬 더 외롭다. 그건 어떤 심연 앞에서 말하기와 비슷하기 때문이다. 하지만 역설적으로 그게 심연이기 때문에 나는 이렇게 말할 수도 있으리라. "가까운 사이인데도 난 당신을 몰라요. 당신이 하는 말이 무슨 뜻인지 짐작조차 할 수 없어요. 그러니 한 번 더 말해 주세요." 그 말에 당신이 한 번 더 말하기 시작하면, 설사 그 말들을 이해하는 데에는 한 번 더 실패한다고 하더라도, 당신이 한 번 더 말하고 내가 한 번 더 들을 수 있다면, 관계는 구원받을 수 있으리라. 그러니 우리 사이를 유지하는 건 막힘이 없는 소통이 아니라 그저 행위들, 말하는 행위, 그리고 듣는 행위들일지도 모른다.

지금 이 순간,
내가 아는 이 여름의 전부

다리가 모두 여섯 개. 검은 무늬가 있는 붉은색 등껍질은 표주박처럼 생겼다. 내가 에그타르트를 파는 카페 앞에 스쿠터를 세울 때부터 내 주변을 걸어 다녔던 벌레인데, 지금은 테이블을 받치는 철제 둥근 받침판 위를 올라가려고 애쓰고 있다. 차양 아래 옥외 테이블 위에는 카페에서 제일 싼 커피 아메리카노, 미국의 소설가 애니 프루의 〈시핑 뉴스〉, 재떨이가 놓여 있다. 나는 고개를 숙이고 이제는 오래전부터 알고 지낸 듯한 느낌마저 드는 그 벌레를 바라본다. 벌레는 여섯 개의 다리를 이용해서 반짝이는 금속 표면을 올라가려고 몇 번이나 시도하지만, 다시 미끄러진다.

햇살은 점점 기울고, 시각은 오후 4시 50분. 골목길 맞은

편 이탈리안 레스토랑의 정원에는 놀랄 정도로 키가 큰 플라타너스가 바람에 흔들린다. 벌레에서 시선을 돌려 그 플라타너스를 바라보면서 나는 생각한다. 이런 동네에, 저처럼 크고 씩씩하고 튼튼한 나무가 살아남았다는 사실은 기적에 가깝다고. 여기 받침대 위를 올라가려고 애쓰는 딱딱한 등껍질의 벌레에서 연신 참새들이 날아드는 그 플라타너스까지가 지금 이 순간, 내가 아는 이 여름의 전부다. 내가 아는 여름의 세계가 그 안에 고스란히 담겨 있다. 나는 그 여름 안에서 더없이 한가하고 평온해진다.

커피가 놓인 테이블 위의 세계. 그 세계에 대해서 내가 알게 된 건 미국 버클리에서 몇 달 머물 때였다. 그때 나는 UC버클리의 작가 레지던스 프로그램에 초청을 받아 샌프란시스코만에서 그다지 멀리 떨어지지 않은 곳에 집을 구해서 생활하고 있었다. 집주인은 UC버클리 언어학과 박사과정에 다니는 두 남자였다. 검은색 곱슬머리를 짧게 깎은 남자와 앞치마를 두른 남자. 곱슬머리 남자와 내가 집을 빌리는 문제로 얘기하다가 잠시 말을 멈추자, 앞치마를 두른 남자가 집에 있는 차의 종류에 대해서 설명한 뒤 어떤 걸 마시겠느냐고 물었다. "검은 차. 검은 차가 좋겠네요." 내가 말했다. 집 뒤쪽에 있는 부엌의 스토브에서는 주전자가 김을 뿜고 있었다.

두 사람이 파리로 떠나고 난 뒤에 호텔에서 지내던 나는 그들의 집으로 들어갔다. 붉은 이불이 깔린 그들의 침대와 식기와 향신료와 식재료가 가지런히 정리된 그들의 부엌을 사용했다. 두 사람은 서로 사랑하는 사이였다. 게이들의 사랑에 대해서 나는 아는 바가 많지 않았다. 그 집에서 머물기 시작하던 한 달 동안 나는 미국 체류를 위한 갖가지 일들을 했다. 사회보장번호를 받아야만 했고, 의료보험을 신청해야만 했고, 운전면허시험을 봐야만 했다. 먹고 살아야만 했기 때문에 매일 셰이프웨이 같은 대형매장에 가서 식료품을 사와야 했다. 나의 외국 체류는 늘 그렇게 시급한 생존의 문제를 해결하는 데서 시작됐다.

생활이 좀 안정된 뒤부터는 아침에 버스를 타고 UC버클리로 나갔다가 해가 지면 집으로 돌아왔다. 낮 동안에는 대개 도서관에 죽치고 앉아 있었다. UC버클리의 중앙도서관에는 20세기 초에 나온 책들을 비롯해 내가 한 번도 보지 못한 책들이 개가식 서고에 잔뜩 꽂혀 있었다. 대출카드를 만든 나는 낮 동안 서가 사이를 헤매며 이 책 저 책 꺼내 읽다가 집에 갈 즈음이 되면 손에 들고 있던 책을 빌렸다. 욕심만큼 책을 읽을 수 없다는 사실을 알고 있었지만, 그 욕심을 꺾고 싶은 마음은 없었다. 그 욕심의 대가란 조금 피곤해지는 일뿐이었으니까. 무거운 책을 들고 왔다 갔다 하게 만드는 정도. 그 정도 피곤함이라면 나는 내 욕심을 존중하고 싶었다.

그렇게 책이 가득 들어 있는 가방을 메고 숲이라고 말할 수밖에 없는(왜냐하면 교내에 시냇물도 흐르니까) 캠퍼스를 가로질러 버스 정류장까지 걸어갔다. 집이 있는 동네까지 가는 버스는 20분마다 지나갔다. 시간표를 보고 곧 올 것 같으면 버스를 기다렸지만, 시간이 많이 남아 있으면 무거운 가방이 부담스러웠다. 그러다가 버스 정류장 옆 골목 안쪽에 있는 카페를 보게 됐다. 학교 앞의 오래된 카페였다. 캘리포니아는 기후 변화가 심하지 않은 곳이니 비가 내리든 날이 환하든 늘 창문과 문을 활짝 열어 놓는 카페. 나는 조금 쉬었다가 가면 좋겠다는 생각으로 그 카페에 들어갔다. 한 컵 가득 커피를 받아 와서 나는 그냥 앉아 있었다. 책도 읽지 않고, 글도 쓰지 않고. 왜냐하면 그건 도서관에서 충분히 했기 때문에.

커피 한 잔을 마실 동안, 의자에 앉아서 나는 이슬비가 흩뿌리는 창밖을, 혹은 갖가지 색깔의 분필로 메뉴를 적어 놓은 칠판을, 언제 붙여 놓았는지도 모를 정도로 낡은 액자를 바라봤다. 10평 정도 되는 실내에는 사람들이 들어와 나처럼 커피 한 잔을 마시면서 잠시 앉아 있었다. 때로는 서서 커피를 마시며 카페 주인과 얘기를 좀 하다가 돌아가는 사람도 있었다. 물론 친구와 마주보고 앉아서 담소를 나누는 사람들도 많았다. 하지만 대개의 경우는 나처럼 커피 한 잔을 마실 시간만큼만 보내기 위해서 들어온 사람들이었다. 나지막하게 흘러나오는 음악을 들으며 이따금 사람들과 자동차와 개들이 오가는 거리를 바라보는 일이 그렇게 좋다는 걸 그때 처음 알았다.

그 뒤로 집으로 돌아갈 때면 늘 그렇게 잠깐 앉아 있는 시간을 가졌다. '자, 여기 테이블 앞이 내가 아는 세상의 전부야.' 그런 심정으로 가만히 앉아 있었다. 아무런 일도 하지 않았었는데, 미국에서 돌아온 뒤로도 그 시간들은 오랫동안 기억에 남았다. 하지만 한국에 돌아온 뒤로는 매일 동네 카페에 앉아서 그렇게 커피를 마신다는 게 힘들었다. 그렇다고 해서 며칠에 한 번씩, 그렇게 동네 카페에 가만히 앉아서 커피 한 잔 마실 시간을 가지는 행복을 포기할 마음은 없었다.

휴식이란 내가 사는 세계가 어떤 곳인지 경험하는 일이라고 생각한다. 바쁜 와중에 잠시 시간을 내서 쉴 때마다 나는 깨닫는다. 나를 둘러싼 반경 10미터 정도, 이게 바로 내가 사는 세계의 전부구나. 어쩌면 내가 사랑하는 사람들 몇 명, 혹은 좋아하는 물건들 몇 개. 물론 세계는 넓고 할 일은 많지만, 잠깐 시간을 내어서 가만히 앉아 있으면 세계가 그렇게 넓을 이유도, 또 할 일이 그렇게 많을 까닭도 없다는 걸 느끼게 된다. 그렇다면 정말 나는 잘 쉰 셈이다.

말하려다 그만두고
말하려다 그만두고

올해(2007년) 일흔여덟 살인 아버지와 빨갛고 노랗게 물든 호숫가 길을 걸어가는데, 일본어에 능통하신 아버지가 일본 시를 읊조렸다. 내용인즉슨, 나뭇잎은 또 저렇게 졌다가 봄이 되면 다시 돋는데, 사람들은 왜 한 번 가면 다시 오지 않는가, 뭐 그런 것이었다. 가을이라 그런지 아버지의 그 말씀이 마음에 남았다. 며칠 뒤, 유성기 음반에서 SP, LP까지의 옛 음반에 담긴 옛 노래를 10장의 시디에 복각한 '가요 박물관'이라는 시디 세트를 구해 노래를 들었다. 그러다가 고봉산의 '용두산 에레지'가 흘러나왔는데, 문득 궁금증이 일었다. 그 노래의 가사는 다음과 같았다.

용두산아 용두산아 너만은 변치 말자

한 발 올려 맹세하고 두 발 디뎌 언약하던

한 계단 두 계단 일백구십사 계단에

사랑 심어 다져 놓은 그 사람은 어데 갔나

나만 홀로 쓸쓸히도 그 시절 못 잊어

아, 못 잊어 운다.

　과연 부산 용두산 공원의 계단은 여전히 일백구십사 계단
일까? 당장이라도 역으로 나가 부산행 기차표를 끊고 싶었
다. 부산으로 가서 용두산 공원으로 올라가는 계단의 숫자가
일백구십사 개라는 것을 확인해야 직성이 풀릴 것 같았다.
하지만 용두산은 변치 않는데, 함께 계단을 올라간 그 사람
은 이제 없다는 사실을 확인하기 위해서 부산까지 찾아가 용
두산 공원의 계단 숫자를 헤아릴 필요는 없을 것 같다.
　왜냐하면 지금은 가을이니까. 가을이 되면 나 역시 그 가
사 속의 주인공처럼 내게도 멀어진 사람들이 있다는 사실을
깨닫게 되니까. 그러니 그 가사를 그대로 믿을 수밖에. 나이
가 들면서 이런 오래된 이야기가 또한 나를 위한 이야기라
는 사실을 알게 된다. 내가 들춰보는 책 중에는 〈송사(宋詞)

30수〉라는 게 있다. 말하자면 이즈음 내가 듣는 '가요 박물
관'의 송나라 판이라고 할 수 있다. 거기에는 이런 노랫말이
담겨 있다.

소년 시절 슬픈 맛이 어떤 건지 몰라
높다란 누대에 오르길 좋아했지요.
높다란 누대에 오르고 올라
새 노래 지으려고 억지로 슬픔을 짜냈지요.

지금은 이제 슬픈 맛 다 알기에
말하려다 그만둔다.
말하려다 그만두고
아! 서늘해서 좋은 가을이어라 했지요.

少年不識愁滋味
愛上層樓
愛上層樓
爲賦新詞强說愁

58

而今識盡愁滋味

欲說還休

欲說還休

却道天凉好個秋

　고봉산이라는 가수는 왜 용두산에게 변치 말라고 간청하는 노래를 불렀을까? 어차피 용두산은 변함이 없는데. 사람은 변한다는 말을 차마 할 수 없었기 때문이겠지. 말하지 못하고 능청스럽게 용두산을 책망하니까 이건 노래가 된다. 마찬가지로 말하려다 그만두고, 말하려다 그만두고 "아! 서늘해서 좋은 가을이어라"라고 읊조리니 이건 시가 된다. 그러니 해마다 가을이 되어 어김없이 물드는 단풍을 구경하며 옛일들을 떠올리다가 "아, 올가을 단풍은 참 아름답구나!"라고 말할 때 우리도 한 편의 시를 짓는 셈이다. 나와 함께 빨갛게, 또 노랗게 물든 길을 걸어가던 아버지가 그랬던 것처럼.

　이렇게 서른도 후반에 가까워져서야 노래와 이야기와 시에서 작가들이 하지 않았던 말들이 눈에, 귀에 쏙쏙 들어온다. 이제야 나도 이심전심으로 느껴지는 감정이 뭔지 알게 된다. 그러니 가을에는 한껏 감상에 빠져 옛 유행가를 듣고

송사를 읽는 셈이다. 내게도 차마 직접 말하지는 못해서, 말
하려다 그만두고, 말하려다 그만두고, 뜬금없이 "가을이란
천고마비의 계절, 서늘해서 좋은 것이지"라고 말하게 하는
사연들이 있으니까.

옅은 안개 짙은 구름 긴긴 하루 시름겨워
용뇌 향은 황금 짐승 안에서 타고 있어요.
아름다운 계절 중양절 또 돌아왔군요.
옥 베개 깁 방장,
간밤에 서늘함이 갓 스며들었어요.

울타리 아래서 홀로 술잔을 기울였지요, 황혼이 진 후.
그윽한 꽃향기 옷소매에 가득했지요.
그리움에 넋이 나가지 않았다고 말하지 마세요.
가을바람에 주렴이 말려 올라가니
국화보다 수척한 나의 모습이어라!

薄霧濃雲愁永晝

瑞腦消金獸

60

佳節又重陽

玉枕紗幬

半夜凉初透

東籬把酒黃昏後

有暗香盈袖

莫道不消魂

簾捲西風

人比黃花瘦

　'아름다운 계절, 또 중양(佳節又重陽)'이라는 구절이 내 가
슴을 아프게 한다. 송나라 시절에도 또 돌아오던 중양절, 음
력 9월 9일은 올해도 어김없이 찾아와 지난 10월 19일이었
다. 내가 이 지구상에서 사라지고 난 뒤에도 어김없이 중양
절은 다시 찾아오고 국화꽃은 만발할 게다. 그리고 그렇게
중양절이 다시 찾아오고 국화꽃이 만발하면 이 시를 지은 송
나라의 여류 시인 이청조처럼, 혹은 이 시를 읽고 난 뒤에 내
가 그랬던 것처럼, 또 누군가는 황혼이 진 뒤에 혼자 술을 마
실 것이다. 확인해 보지 않아도 그것만은 자신 있게 말할 수

있다. 아무리 오랜 세월이 흘러도 삶의 순간이 영원하지 않다는 사실은 변함이 없을 테니까.

인생의 모든 순간은 딱 한 번 우리에게 다가왔다가 영영 멀어진다. 말하려다 그만두고 말하려다 그만두고 그저 "아름다운 계절 중양절 또 돌아왔군요"라고 노래하는 이유는 지나간 순간은 더 이상 우리의 것이 아니기 때문이다. 가을이니까 그 사실이 나를 아프게 하지만, 또 나를 일깨우기도 한다. 나뭇잎이 또 저렇게 졌다가 봄이 되어 다시 돋는 동안, 사람들은 한 번 가서 다시 돌아오지 않는다. 이런 자명한 사실 앞에 지금 단 하나의 가을이 놓여 있다. 그러니 이 가을 앞에서 나 역시 말하려다 그만두고 말하려다 그만두고 "아, 서늘해서 좋은 가을이어라"라고 노래할 수밖에.

도시에 공급하는
고독의 가격을 낮춰 주기를

얼마 전(2009년), 사자자리 유성우를 보려고 새벽 4시에 일어난 적이 있었다. 천문대 같은 곳에 갈 처지가 못 되어 동네의 야트막한 동산(이라고 쓰지만, 엄연히 정발산이라는 이름을 가진, 공원 같은 일산 신도시의 산)을 올라가기로 했다. 골목길에서는 아무리 두 손으로 얼굴을 감싸고 바라봐도 가로등 불빛을 피할 길이 없었다. 이렇게 으슥한 골목이 없어서야 가난한 연인들은 어디에서 입을 맞추나? 걸어가는데 괜한 걱정까지 들었다.

하지만 그 연인들이 키스할 곳을 찾아서 산으로 올라간다고 해도 마땅한 장소를 찾을 수 없으리라는 건 새벽 4시에 그 동산에 올라간 뒤에야 알았다. 산길을 가로등으로 환하게 밝혀

놓은 것이다. 조금 올라가면 가로등이 없을 것이라고 생각하고 꼭대기까지 올라갔는데, 거기까지 환했다. 꼭대기에서 나는 주위를 둘러봤다. 그 시각에도 세상은 참으로 환했다. 그늘지거나 어두운 골목은 하나도 보이지 않았다. 어딜 간다고 하더라도 나는 유성을 바라볼 수 있을 만큼의 어둠을 찾지 못할 것 같았다. 우리의 밤이 그렇게 밝은 줄은 그날 새벽에 처음 알았다.

밤이 밝다면, 여러 가지 문제가 생길 것이다. 말했다시피 가난한 연인들은 키스를 하거나 오랫동안 포옹하고 있을 공간을 찾지 못할 테고, 결국 욕구 불만으로 그들은 인생의 진로를 바꿀 수도 있으리라. 밝은 빛으로 수면부족에 시달린 나무들은 더 이상 생식하지 않을 것이며, 거기 하늘을 올려다봐야 캄캄한 하늘만 보일 뿐일 테니 절망에 시달리는 사람들은 더욱 절망할 것이다. 하지만 그 무엇보다도 큰 문제는 우리가 저마다 홀로 나무에 기대거나, 혹은 호숫가에 서서 별을 바라보는 일을 하지 못한다는 것이다. 혼자서 별을 바라본다는 건, 단순히 별을 관찰하는 일과는 다르다. 그건 고독을 인정하는 일, 혹은 자기 안의 어둠을 직시하는 일이다. 밝은 신도시의 밤에는 내가 고독한 사람이라는 걸 인정할 수 있는 방법이 없다. 이제 고독은 부자들이나 누릴 수 있는 사치스러운 감정이 됐다.

내가 경험한 가장 비싼 고독은 고비사막에서 보내던 여러 밤에 겪었다. 거기 사막에는 밤이 환했다. 달은 해처럼 환했고, 별빛은 달빛처럼 은은했다. 누군가 랜턴의 불을 밝혔다가 끄면 비로소 어둠이 잠시 찾아왔다가 이내 사라졌다. 사막 한가운데 오아시스처럼 캠프가 있었고, 나는 그 캠프에 설치한 게르에서 혼자 잠들었다. 문을 열고 게르로 들어가면 완벽한 어둠이, 다시 문을 열고 나오면 당장이라도 밤하늘이 무너져 내리는 게 아닐까는 걱정이 들 정도로 너무 많이 매달린 별들이 있었다. 나는 캠프 사무소 앞 벤치에 누워서 밤새 그 밤하늘을 올려다봤다. 보고 또 봐도 지루하지 않았다. 그러다가 어느 결엔가 이 우주가 참 아름답다고 생각하게 됐는데, 그 순간 나는 고독을 경험했다. 고독은 전혀 외롭지 않았다. 고독은 뭐랄까, 나는 영원히 살 수 없는데 이 우주는 영원히 반짝일 것이라는 걸 깨닫는 순간의 감정 같은 것이다.

도시에서는 이런 감정을 절대로 느끼지 못한다. 도시에는 스쳐 지나가는 것들로 가득하다. 5백 년이 지나도록 많은 사람들이 오고 간 골목도 한순간에 부숴 버린다. 도시에는 나보다 늦게 태어나서는 나보다 일찍 사라지는 것들로 가득하다. 도시에서 나는 연민을 느낀다. 이 연민은 사막에서 별들을 바라보며 내가 느낀 고독에 비하자면, 얼마나 저렴한 감정인지 모른다. 이 저렴한 연민은 나를 자만하게 만들고, 결국에는 나마저도 그 연민의 대상으로 전락시키리라. 이 모든 게 환한 밤 때문이다. 도시에서는 별빛을 바라볼 수 없기 때문이다. 고독이 너무나 비싼 감정이 됐기 때문이다. 도시에서도 고독의 가격이 낮아지기를 바란다.

눈, 해산물, 운하,
맥주, 친구

책갈피에서 눈이 쏟아지는 소설들을 꽤 좋아한다. 가와바타 야스나리의 〈설국〉이 제일 유명하지만 이제하의 〈나그네는 길에서도 쉬지 않는다〉도 만만찮다. 이제하의 소설을 읽은 뒤로는 나도 꼭 한 번은 폭설에 고립되고 싶다는 생각을 했었다. 이 소망을 이루자면, 폭설이 내린다는 사실을 예상하지 못한 채 눈이 쏟아지는 곳에 있어야만 하는데 살아 보니 이게 쉬운 일만은 아니었다. 그래서 해마다 겨울이 되어 강원도에 폭설이 내렸다는 뉴스가 나올 때면, 여간 부럽지 않았다.

어느 해인가는 일본 니가타에 1미터가 넘는 눈이 내렸다는 국제 뉴스가 보도된 적이 있었다. 한참 윤대녕의 〈눈의 여행자〉를 읽을 무렵이었는데, 배경이 마침 니가타였다. 우연의 일치는 거기에 그치지 않아 바로 그날 저녁, 동네 오뎅 집에서 윤대녕 선배를 만났다. 소설 속에서 튀어나온 사람을 만난 것처럼 하도 신기해서 내가 선배에게 소리쳤다. "오늘 눈이 1미터나 왔다는데요?" 밑도 끝도 없는 말이라 윤대녕 선배가 어안이 벙벙한 얼굴로 나를 쳐다보던 게 아직도 생생하다. "니가타에 눈이 1미터나 왔대요." 내가 덧붙였다.

폭설을 경험한 사람들이 정말 부럽다. 윤대녕 선배와 마찬가지로 동네에서 이따금 마주치는 김훈 선생은 겨울만 되면 홋카이도에 갔을 때의 일화를 말씀하시곤 한다. "겨우내 눈이 몇 미터씩 쌓이지." 거기까지는 나도 '아마 그렇겠지요'라는 표정으로 고개를 끄덕인다. 하지만 계속되는 말씀이란 "그래서 사람들은 땅굴처럼 눈을 파면서 술집을 찾아다니지. 그 굴을 따라가다 보면 한쪽에 등불이 켜져 있는데, 거기가 바로 술집이야. 술집으로 들어가면 기모노를 입은 여자가 샤미센을 치면서 정종을 팔아." 거기까지 들으면 좀 의아해진다. "샤미센을 친다고요?" "그렇지, 샤미센을." 천연덕스럽게 선생은 말한다.

등빛을 따라 눈 동굴을 지나가면 기모노를 입고 샤미센을 치면서 정종을 파는 일본 여자라니 정신이 혼미할 지경이지만, 어쨌거나 난 폭설에 약한 남자다. 선생의 말을 무조건 믿기로 했다. "정말 부럽습니다, 선생님. 저도 죽기 전에 그 술집에 갈 수 있을까요? 절 당장 거기로 데려가 주세요." 물론 아직까지 난 눈 동굴을 지나면 눈 때문에 밤의 바닥이 환할 그 술집에 가 보지 못했다. 덕분에 해야 할 일들의 목록은 점점 늘어나기만 한다. 그중에서도 폭설에 고립되는 일은 스티븐 코비의 '성공하는 사람들의 7가지 습관' 식으로 말해서 긴급하고도 중요한 할 일이었다.

작년(2010년)에 〈7번국도 Revisited〉라는 책을 출간한 뒤, 독자들과 만나는 행사가 열린 적이 있었다. 그건 13년 전인 1997년에 출간한 〈7번국도〉라는 소설을 처음부터 다시 쓴 소설이었다. 스물여섯 살에 자전거로 7번국도를 여행한 뒤, 그 소설을 다 쓰고 나니까 스물일곱 살이 끝났었다. 이 소설에 대한 반응은 너무나 미미해서 크게 실망한 나머지 나는 소설 같은 건 그만 쓰자고 생각하고 스물여덟 살부터 잡지사를 다녔다.

그 밤에 나는 "인생은 너무나 길어요"라는 말을 몇 번이나 되풀이해서 말했다. "정말 어떻게 될지 모르는 인생이에요."

그런 말도 했다. 당연하지 않은가? 13년 전에만 해도 나는 2010년이 되어서도 내가 소설을 계속 쓰리라는 걸, 더구나 〈7번국도〉를 다시 써서 출판하는 것으로도 모자라 그렇게 독자들과 만나게 되리라는 걸 상상조차 못했으니까. 인생은 우리가 짐작하는 것보다는 훨씬 더 길다. 그러고 보니 예측한 대로 삶을 산 적은 한 번도 없었던 것 같다. 늘 예측하지 못한 일들이 벌어졌다는 점에서, 인생은 놀라움의 연속이었다.

행사를 끝마치고 나올 때부터 눈송이가 날리기 시작했다. 친구들과 근처 맥줏집에 앉아서 술을 마시는 동안에도 눈은 계속 내렸다. 내가 가장 좋아하는 조합은 다음과 같다. 눈. 해산물. 운하. 맥주. 친구. 이 중에서 두 개만 동그라미를 칠 수 있어도 대단한 행운인데(몇 년 전 홋카이도 오타루에 갔을 때, 나는 다섯 개에다 모두 동그라미를 칠 수 있었다) 그날은 4개까지 가능했다. 새벽까지 눈에 두 번 동그라미를 칠 만큼 많은 눈이 내렸고 서울의 교통은 마비됐다. 결국 나는 홍대 앞에서 폭설에 고립되는 행운을 맞은 것이다. 진짜 인생은 좋은 것도, 나쁜 것도 아니다. 예측하지 못한 일이 벌어진다면 그게 진짜 인생이다. 물론 그중에서도 뜻하지 않은 폭설이라면 최고의 인생이리라.

2009년 하늘의 목록

　이래저래 2009년은 내 인생에서 쉽게 잊지 못할 것 같다. 사회적으로 중요한 분들이 많이 돌아가신 한 해였기 때문이기도 하고, 개인적으로도 슬픈 일들을 많이 겪었기 때문이기도 하다. 주위를 둘러봐도 좋지 않은 일을 겪은 사람들이 너무 많았다. 처음에는 나이 탓이거니 생각했다. 2009년에 나는 우리 나이로 마흔 살이 됐다. 마흔 살이 된다는 건 우리의 부모 세대가 돌아가시는 연배로 접어들었다는 뜻이다. 평생 철들지 않고 애처럼 살 것 같았는데 이제 우리 또래는 하나둘 고아들이 되어 갈 것이다. 어떤 고아들도 철부지로 살지는 못한다. 마흔 살이 된다는 건 그 사실을 알게 되는 나이라는 느낌이 든다. 이제는 더 이상 "그따위는 모르고 살아도 아무 상관없어!"라고 소리칠 수 없게 됐다.

하지만 2009년에는 마흔이 감당할 수 있는 것보다 더 많은 변화가 있었다. 그래서 내가 경험한 그 한 해 동안의 상실이 오직 나이 탓만은 아니었다고 생각한다. 2009년에 나는, 그리고 나와 더불어 많은 사람들은 어떤 정서와 이별했다고 생각한다. 연민, 공감, 동정 등과 같은. 여기까지 생각이 미치면 참 이상한 느낌이 든다. 약자를 향한 연민의 정서 같은 것도 결국 학습된 감정일 뿐인가? 그래서 어떤 시기가 지나면 그런 감정마저도 낡고 거추장스러운 것으로 느끼는 때가 온단 말인가? 지난 1년 내내 우리는 그런 감정과 이별하느라 시간을 다 보냈으니 정말 이상하기만 하다. 이제 우리는 정말 고아가 될 것 같다. 이제 우리는 더 이상 보호받지 못하리라.

그런 이상한 느낌과는 무관하게 2009년의 하늘은 정말 대단했다. 상실감과는 무관하다고 말했지만, 어쩌면 바로 그 상실감 때문에 내겐 2009년의 하늘이 더없이 중요했던 것인지도 모른다. 시작은 여름부터였다. 2009년의 여름은 너무나 여름다웠고, 가을은 더욱 가을다웠으며, 겨울은 진짜 겨울다웠다. 특히 지난가을, 나는 잠시도 하늘에서 눈을 뗄 수 없었다. 놀라울 정도로 구름은 아름다웠다. 그렇게 구름을 바라봤는데, 그래서 참 아름답다고 생각했는데, 그 구름들이 아름답다고 생각한 바로 그 순간에 이 우주에 나 혼자 존재하는 듯한 느낌이 들었다. 고독의 느낌이랄까. 2009년의 하늘은 내게 고독의 본질이 우주의 아름다움에 있다는 걸 알려줬다. 이 고독과 아름다움의 상관관계는 2009년의 키워드랄 수 있는 '죽음'과 통하는 것이었다. 죽기 직전에 우리는 그런 경험을 할지도 모른다. 우선 이 우주는 너무나 아름답다는 것, 그다음에는 너무나 고독하다는 것.

해서 내가 꼽는 2009년 하늘의 목록은 다음과 같다. 5월 27일의 초승달, 8월 15일의 노란 애드벌룬, 9월 10일의 양 떼구름. 어디서 그 풍경을 바라봤는지, 또 바라볼 때 내 마음은 어떤 상념 속을 헤매고 다녔는지, 모두 기억난다. 그 날 먹었던 음식이라든가, 함께 있었던 사람들의 옷차림, 혹은 바람의 세기와 방향 같은 것들도 모두 기억난다. 시시각각으로 하늘은 변했다. 바라보면 아름다움은 이내 사라졌다. 오래 지속되지 못하는 아름다움을 반복적으로 경험하면서 나는 시간의 흐름에 대해서 이해했다. 아름다움과 시간은 상호보완적이었다. 곧 사라질 것이 아니라면 아름답지 않다. 한편으로 아름답다고 느끼지 못한다면 시간의 흐름을 감지할 수 없다. 그런 점에서 삶이 결국 아름다워질 수밖에 없는 건 결국 우리는 모두 죽기 때문이라는 생각에 이른다.

결국 그게 2009년의 가르침이었다. 마흔 살이 되니 우편함에 '생애전환기 건강진단 통지서'라는 게 배달됐다. 그 통지서는 내가 자연의 일부라는 사실을 확인시켰다. 자연이란 인간이라면 누구나 피해 갈 수 없는 보편의 법칙을 뜻한다. 예컨대 비가 내리는 일은 자연적이다. 비는 모든 곳에 공평하게 내린다. 눈 역시 마찬가지다. 문학에서는 눈이 종종 가난한 사람들이 꿈꾸는 쌀알에 비유됐는데, 그건 눈이 공평하게 내리기 때문이다. 마찬가지로 마흔이 되니 불공평한 인생이지만 한 가지만은 공평하다는 걸 알게 됐다. 즉 모든 인간은 늙고 병들고 죽는다는 자명한 사실.

앞에서 말했다시피 내가 자연에 속한 것들은 과거에서 미래를 향해 일방적으로 흘러가는 과정 속에 있으며(말하자면 우리는 잠시도 쉬지 않고 늙어 가는 중이다) 그 과정은 모두에게 공평하다(또 말하자면 언젠가 우리는 모두 죽을 것이다)는 사실을 깨닫게 된 건 2009년에 뜻밖의 사람들이 죽는 걸 지켜봤기 때문이다. 어쩐지 2009년에는 꽤 많은 사람들이 죽은 느낌이다. 거의 매달 나는 문상을 다녔다. 이건 뭐 죽음의 시대인가는 생각이 들 정도였다. 하지만 곧 나는 불과 10년 전만 해도 검은색 양복이 아니라 회색이나 푸른색 양복을 입고 결혼식에 다녔다는 사실을 기억해 냈다. 갑자기 사람들이 많이 죽었다기보다는 내 나이가 마흔에 이르니 주위에서 죽는 사람들이 많아졌다는 게 진실에 더 가깝겠다.

이 사실을 깨닫게 되면서 내 인생은 조금 전환됐다. 예컨대 최초의 인류에서 지금 막 태어나는 아기까지, 인간이 태어나서 자라고 늙고 병들어 죽는 일은 단 한순간도 끊임없이 계속 이어져 왔다. 단 한 사람의 예외도 없이. 그래서 마흔이 되어 문상을 다니는 일은 나 역시 그 흐름의 일부라는 사실을 인정하는 일이었다. 삶은 어떤 흐름에, 더 냉정하게 말하자면 DNA의 전수 과정에 가까웠다. 그건 좋은 일도, 그렇다고 나쁜 일도 아니고 다만 자연적인 일일 뿐이었다. 머리로는 이 사실을 이해하게 됐지만, 가슴 깊이 이 사실을 받아들인 건 아니다. 여전히 나는 아는 사람이 죽는다면 눈물을 흘릴 것이며, 거의 대부분의 경우 그건 너무 부당한 죽음이라고 생각할 것이다. 자연이라는 건 좋은 것도, 나쁜 것도 아니지만, 때로 그건 너무 잔인하다. 어떤 일을 두고 누군가 "자연스러운 일이지"라고 말한다면, 그게 잔인한 일을 두고 하는 말이라는 걸 나는 알고 있다.

이런 전환, 나 역시 거대한 자연의 일부라는 깨달음이 우울증을 유발하거나 사람을 무기력하게만 만드는 건 아닌 것 같다. 어떻게 돼 먹었는지 나는 지옥에서도 인내심을 기를 수 있어서 좋다고 생각할 게 분명한 사람이어서 2009년을 보내고 난 뒤 마흔 살의 이점을 누구보다도 빨리 찾아냈다. 그건 예술 작품의 아름다움에 대한 감수성이 발달하게 된다는 사실이었다. 예컨대 유럽의 성당에 가면 피에타를 다룬 그림이나 조각을 자주 보게 된다. 어릴 때, 고향집 뒷산의 성당에서도 많이 보던 바로 그 그림이다. 그런데 지난해 스페인에서 그 그림을 보다가 처음으로 깊은 슬픔을 느꼈다. 유명한 화가가 그린 그림도 아니었다. 그냥 성당이라면 당연히 붙어 있어야 해서 붙어 있는, 그런 그림이었다. 중요한 건 그림의 형식과 색채가 아니었다. 중요한 건 인류가 지구상에서 살아가게 된 이래 수억만 번 반복됐을 그 이야기, 그러니까 죽은 이를 다시는 되살릴 방법이 없어 눈물을 흘리게 된다는 이야기였다.

화가는 그림을 그리고 작가는 글을 쓴다. 그들은 모두 개별적인 한 인간에 대해서 그리고 쓸 것이다. 여기까지가 마흔이 되기 전에 내가 이해한 예술이었다. 그리고 어느 날 갑자기 그 개별적인 존재의 슬픔이란 그 존재 역시 거대한 자연의 일부라는 점에서 기인한다는 사실을 깨닫고 난 뒤부터 나는 모든 화가와 작가는 보편적인 인간에 대해서 그리고 쓴다는 사실을 발견하게 됐다. 더 과장해서 말하자면, 그들은 모두 나에 대해서 그리고 썼던 것이다. 적어도 내가 보거나 읽은 대가들의 작품은 예외 없이 나를, 나 자신의 삶을 다루는 것처럼 보였다. 그렇지 않다면 어떻게 그처럼 개인적이고 사적인 감동이 가능할 수 있었겠는가.

그렇게 2009년이 지나가고 12월이 찾아왔다. 한파가 한 번 밀어닥치는가 싶더니 다시 날은 풀렸다. 12월 내내 아이들은 눈을 기다렸지만, 방학하는 날까지 눈다운 눈은 한 번도 내리지 않았다. 그런 마음을 아는지 모르는지 내가 사는 동네의 공연장인 아람누리 한쪽에 눈이 쌓였다. 하늘에서 내린 눈이 아니라 사람이 만든 눈이었다. 공연히 눈을 만들어서 쌓아 놓을 리는 없으니 그 눈으로 뭘 하나 지켜봤더니 조각가들이 모여서 눈으로 여러 모양을 만들고 있었다. 조각뿐만 아니라 미끄럼틀도 만들었다. 아람누리의 입구에는 산타

클로스의 얼굴상을 크게 세워 놓았다. 그런데 그만 일을 모두 마친 그다음 날, 비가 내리기 시작했다. 따뜻한 초겨울 덕분에 아람누리의 산타클로스만, 아니 그 산타클로스를 만드느라 수고한 조각가들만 고생한다는 생각이 들었다.

그러던 것이 성탄절 저녁부터 눈이 내리기 시작했다. 처음에는 눈 같지도 않아서 그냥 흩날리는 얼음 가루라고 생각했는데, 그 가루 눈이 쌓이자 금세 동네가 하얗게 변했다. 그날 저녁에는 친구 부부가 찾아와 두꺼운 옷을 껴입고 술을 마시러 동네로 나갔다. 친구의 아내가 김이 서린 창을 바라보면서 술을 마시고 싶다고 말해서 오뎅집을 찾아서 라페스타를 걸어 다녔다. 다들 겨울이면 으레 오뎅집의 김이 서린 창이 떠오르는지 오뎅집에는 빈자리가 없었다. 그래도 좋았다. 오뎅집보다는, 그 오뎅집의 김이 서린 창보다는, 오뎅집을 찾아서 걸어가던 그 바람 불던 거리가. 아직 2009년은 조금 더 남아 있지만, 개인적으로 2009년이 끝난 건 아마도 그때가 아닐까 싶다.

눈은 그 다음다음 날에도 계속 내렸다. 정말 눈다운 눈이, 겨울다운 겨울에 내리고 있었다. 내가 겨울다운 겨울이라고 생각한 건 산타클로스의 눈 조각상이 서 있는 아람누리 앞을 지나갈 때였다. 오후 내내 눈은 계속 내렸으므로 큼지막한 눈가래를 들고 눈을 밀어내는 사람들의 움직임이 분주했다. 그들을 피해 약속 장소로 가는, 혹은 교회에서 돌아오는 사람들이 종종걸음으로 눈 쌓인 길을 걸어갔다. 나도 그렇게 길을 걸어가는데, 길옆에서 아이들 소리가 크게 들렸다. 무슨 일인가고 다가가 살펴봤더니 눈으로 만든 미끄럼틀 위에서 썰매를 타는 아이들의 목소리였다. 그 소리들을 듣는데 나도 모르게 '다시 겨울이구나'는 생각이 들었다.

내게는 바로 그런 게 겨울다운 겨울이다. 지난 한 해 나는 정말 힘든 시기를 거쳐 왔다. 내가 힘들었다면, 그건 당신들도 마찬가지일 것이라고 생각한다. 하지만 힘들기만 했다면, 겨울까지 우린 살아남지 못했을 것이다. 거기에는 어려운 일 못지않게 즐거운 일도 많았다. 그 사실은 이 겨울이, 얼얼할 정도로 차가운 바람이 증명한다. 바람이 매서우면 매서울수록 우리는 우리가 살아 있다는 사실을 느낄 수 있다. 겨울다운 겨울에 우리는 우리다운 우리가 된다.

2장

......

생맥주, 취한 마음,
호시절의 마라톤맨

요령은 간단하다. 지금은 호시절이고
모두 영웅호걸 절세가인이며
우리는 꽃보다 아름답게 만나게 됐다.
의심하지 말자.

누구나 이미 절반은
러너인 셈

　인생의 질문은 "어떻게 하면 하기 싫은 일을 하지 않고, 하고 싶은 일을 하면서 살 수 있는가?"로 집약될 수 있으리라. 다른 사람들은 어떤지 모르겠지만, 적어도 내게는 그랬다. 대학교 1학년 때, 연극부에 들어갔다가 연기는 제대로 해보지도 못하고 마음에도 없는 무대장치를 맡은 적이 있었다. 난 벽에 못을 박으려면 먼저 10만 원짜리 전동공구부터 사야만 하는 사람이다. 그러면 옆에서 망치로 세게 치면 되는데 무슨 공구가 필요하냐고 묻는다. 그러게. 전동공구가 왜 필요할까? 그게…… 완력으로 모든 걸 해결하려는 사람을 워낙 싫어해서. 어쨌든 내 말의 요지는 무대장치 같은 건 전혀 하고 싶지 않았다는 뜻이다.

그래서 여름방학 내내 선배들을 피해 다녔는데, 어느 날인가 연출을 맡은 선배와 정면으로 부딪쳤다. 꿀밤을 맞았던가, 아무튼 역시 완력을 선보이더니 그 선배는 나 때문에 다른 학생들이 얼마나 고생하고 있는지 아느냐고 호통쳤다. 왜 모르겠는가? 얼마나 고생하는지 아니까, 그렇게 피해 다닌 건데. "저는 무대장치는 하고 싶지 않습니다"라고 그 선배에게 말했다. 그러자 그 선배가 내게 한 말이 지금도 잊히지 않는다. "너는 네가 하고 싶은 일만 하면서 살 수 있을 것 같냐? 두고 봐라."

두고 본 결과, 그 선배의 말은 맞았다. 과연 내가 하고 싶은 일만 하면서 살 수는 없었다. 나는 오래전부터 알래스카에 가서 오로라를 보고 싶었다. 하지만 오로라는 딸아이가 하는 닌텐도의 게임 '동물의 숲'에서 간신히 보고 있는 실정이다. 사실은 대학교 신입생 시절이 끝나면서 '인생이라는 건 뭐 그 모양'이라는 걸 깨달았다. 두고 볼 것도 없었던 것이다. 그러나 하고 싶은 일만 하면서 살 수 없다고 해서 하기 싫은 일을 반드시 하면서 살아야 한다는 뜻은 아니지 않은가? 오히려 하고 싶은 일만 하면서 살 수 없으니까 하기 싫은 일은 더구나 하지 말아야지.

달리기에도 질문이 있다면, 그건 "달리고 싶어서 달린 건 언제가 마지막인가?"가 될 듯하다. 같은 '달리기'라는 말로 부르지만, 몸을 움직여 뛰는 행위에는 두 가지가 있다. 하나는 달리고 싶어서 달리는 일이고 다른 하나는 다른 사람의 강요로 억지로 달리는 일이다. 전자를 '달리기'라고, 후자를 '후달리기'라고 하자. 대부분의 사람들이 달리기를 한다면 꽤 인내심이 강한 사람이라는 듯 나를 쳐다본다. 그렇게 건강해지고 싶으냐? 그런 눈초리도 있다. 그런 사람들이 생각하는 달리기는 후달리기다. 누구에게나 후달리기의 경험은 있다. 내게는 군대에서 후달렸던 경험이 지금도 잊히지 않는다. 그때 생각만 하면 그 누구에게든 막 완력을 쓰고 싶은 마음이 든다.

만약 나의 달리기가 후달리기 같은 것이었다면, 나는 아마 정신분열에 시달렸을 것이다. 스스로 채찍질한다는 말만 들으면 나는 정신분열을 떠올리니까. 자기가 자기를 채찍질하다니, 그렇게나 채찍질할 사람이 없을 정도로 원만한 인생을 살았다는 뜻일까? 당연히, 누구라도 그렇겠지만, 후달리기로는 사흘 이상 달리기 어렵다. 채찍질을 사흘 동안 당한다고 생각하면 이해하기 쉬울 것이다. 그러므로 달리기를 하는 것도 중요하지만, 후달리지 않는 것도 참으로 중요하다.

하고 싶은 일만 하면서 살기가 어렵듯 매일 달리기를 하는 일 역시 쉽지 않다. 그렇지만 매일 후달리지 않기는 그다지 어렵지 않다. 억지로 달리는 일을 안 하는 건 그다지 어렵지 않으니까. 달리기의 질문은 다음과 같이 바꿀 수 있으리라. "달리고 싶지 않아서 달리지 않은 건 언제가 마지막인가?" 그건 어제일 수도 있고, 한 달 전일 수도 있고, 지금까지의 삶 전체가 달리고 싶지 않아서 달리지 않은 시간이라고 말할 수도 있겠다. 축하한다. 그렇다면 자기 의지대로 살고 있다는 뜻이니까. 후달리지 않은 것만으로 당신은 이미 달리기의 반을 이룬 셈이다.

그렇다면 이제는 달리고 싶을 때 달리기만 하면 된다. 조만간 날씨가 풀리고 기온이 올라가면 나무에는 꽃이 피고 잎이 돋아날 것이다. 태양은 점점 일찍, 더 높게 떠오를 것이다. 바람은 따뜻하게 우리 몸을 감쌀 것이다. 그런 어느 날이면 자기도 모르게 눈을 감고 온몸으로 바람을 맞다가 문득 달리고 싶다는 생각이 들지도 모른다. 지금까지 달리고 싶지 않아서 달리지 않은 삶을 성공적으로 살았다면, 그 기회를 놓치지 말고 달려 보기를. 달리고 싶지 않을 때 달리지 않고 달리고 싶을 때 달릴 수 있는 사람, 그가 바로 러너니까.

사람이 너무 좋은 게
콤플렉스

　면접관들은 종종 이런 질문을 던진다. "본인의 콤플렉스는 뭐라고 생각하십니까?" 다들 사생활이 있는데, 왜 그따위 질문을 던지는지 모를 일이다. 오다가다 만난 사람이 그런 질문을 던진다면 그냥 무시하면 그만인데, 면접이니 그럴 수도 없고. 다들 하는 수 없이 대답하는데 그중에서 제일 식상한 대답은 "콤플렉스가 없는 게 콤플렉스입니다"가 되겠다. 속으로는 누구나 그렇게 생각하고 있으니까. 그만큼 한심한 대답으로는 "사람이 너무 좋은 게 콤플렉스라고 생각합니다"가 되겠다. 이건 내 얘기다. 진짜다. 진심이다. 믿어 달라. 나는 오래전부터 사람이 너무 좋은 게 단점이라고 생각해 왔다.

　언제부터냐? 그러니까 문단에 데뷔해서 어리둥절한 가운

데 술자리에 앉아 있던 어느 밤이었다. 어떤 선배가 "연수 씨는 사람이 참 좋다"고 말했다. 다들 칭찬이라고 생각하겠지만, 사태는 생각보다 복잡하다. 여기는 문단이니까. 어쨌든, 그랬더니 맞은편에 앉은 다른 소설가 한 명이 "사람 좋고 소설 못 쓰느니 나는 사람 나쁘고 소설 잘 쓰겠어요"라고 말하더라. 그때부터다. 사람 좋다는 말이 내 가슴에 와 박힌 게. 그런데도 "그렇다면 사람 좋고 소설도 잘 쓰는 사람이 되면 되잖아"라고 생각했으니 한심하긴 한심했다. 내가 지금 이 소중한 지면에다가 자기 자랑 늘어놓는다고 생각한다면 당신도 문제가 좀 많은 거다. 이건 콤플렉스 이야기다. 헐.

　사람 좋고 소설 못 쓰느니…… 그 말 때문에 열심히 소설을 쓴 것 같았다. 나 사람 좋지 않다고 아무리 말해도 믿어주지 않으니 살길은 소설을 잘 쓰는 수밖에. 그랬더니 이번에는 너무 성실하다는 게 콤플렉스가 됐다.(거듭 죄송합니다. 이런 콤플렉스 따위.) 성실하고 소설 못 쓰느니…… 그 말이 귓가에서 메아리치더라. 도대체 이 동네는 어떻게 생겨 먹은 동네란 말인가? 그런 억하심정도 들더라. 꼭 예전에 '개그콘서트'에서 남하당 박영진 대표가 호통치던 소리를 듣는 것 같았다. "사람 좋고 성실한 인간이 소설을 쓰는 것 자체가 문제입니다." 하긴 일리는 있는 말이었다. 문학에서만은 좀 자유가 허락되어야지. 너무 빡빡하게 글 쓰는 건 싫기도 하다.

문제는 나도 그렇게 생각했다는 점이다. 말하지 않았는가? 나는 절대로 사람이 좋지도 않고, 성실하게 글을 쓰지도 않았다고. 그건 내 콤플렉스라고. 그래서 불량스럽고 불성실한 인간으로 살아 보려고 노력한 시기도 있었다. 그랬더니 다들 비웃었다. "노력한다는 것 자체가 문제입니다. 어디 감히 소설가가 노력을 해? 건방지게." 뭐, 암튼 그런 것이었다. 해서 소설가가 된 이래 나는 이래저래 콤플렉스에서 벗어날 수가 없었다. 다시 한 번 말하지만, 이 글이 지금 내가 사람이 좋고, 성실하다고 말하기 위해서 쓰는 것이라고 생각하시면 절대로 안 된다. 절대로 나는 그런 사람이 아니다. 오죽하면 내가 이러겠는가. 진심이다.

그러다가 달리기를 시작한 뒤부터 나는 그런 주장을 하지 않아도 되는 세계를 만났다. 그 세계의 사람들은 모두 성실하게 노력하더라. 누구도 나 정도 연습하는 사람더러 성실하다거나 사람 됨됨이가 훌륭하다거나 말하지 않았다. 거기에는 철저하게 연습하고 스스로 견디는 사람들이 수두룩했다. 그 세계에서는 평소에는 술과 담배에 절어서 살다가도 대회당일에 가면 연습을 철저히 한 사람을 비웃기라도 하듯이 서브 3, 즉 3시간 만에 풀코스를 완주하는 인간이 단 한 명도 없었다. 비로소 나는 성실하게 연습하지 못하고, 인내심이 부족한 게 단점이라고 말할 수 있게 됐다. 만세. 이런 세상을 내가 얼마나 기다렸던가.

연구 결과에 따르면 나이가 들면 젊었을 때보다 훨씬 더 행복해진다고 한다. 이유는 나이 든 사람과 젊은 사람은 서로 다른 세상에 살기 때문에. 20대가 사는 세상은 아직 탄생한 지 30년도 지나지 않은 세상이다. 지속 시간이 짧으니 삶에는 인과보다는 우연이 더 크게 작용한다. 하지만 60대가 사는 세계는 벌써 70년 가까이 지속된 세계다. 시간이 그 정도 지속되면 결과를 통해서 원인을 따져 볼 수 있다. 젊은이들이 사는 세계에서는 담배를 피운다고 폐암에 걸리는 사람은 거의 없지만, 늙은이들이 사는 세계에서는 수두룩하다. 그러니 두 세계가 다를 수밖에. 노인들의 행복은 거기서 비롯한다고 한다. 그들은 예측가능한 세계에 살기 때문에. 마라톤에 참가한다는 건 그런 예측 가능한 세계를 경험한다는 뜻이기도 하다.

우린 모두
영웅호걸 절세가인

지난해(2004년), 어찌어찌하여 중국에서 살 때의 일이다. 도착해서 두 달 정도는 완전한 이방인으로서의 삶을 만끽했지만, 거기도 사람 사는 동네다 보니 얼마 지나지 않아 길 가다가 인사를 건넬 정도로 친분을 맺은 사람들이 하나둘 생겼다. 그렇게 해서 안면을 트게 되면 중국인들은 반드시 나를 '칭커(請客)'하게 된다. 그러니까 칭커란 한턱낸다는 뜻이다.

하지만 '한턱'이라는 단어로는 칭커의 그 광활한 세계를 다 설명할 수 없다. 칭커라는 말 속에는 "너로 하여금 당분간은 음식 생각이 나지 않도록 만들고야 말겠다"는 결의 같은 게 숨어 있다. 중국 영화에서 흔히 볼 수 있는 둥근 식탁에 음식이 계속 쌓이는데, 접시 3개가 3층 높이로 쌓이는 것은 보통이고 어떨 때는 4개까지 올라가는 것도 봤다. 그걸 모두 뱃속에 집어넣는 것보다 중국 일주 도보 여행을 하는 편이 덜 힘들 것 같다.

칭커에는 엄연히 절차가 있다. 일단 방으로 들어가면 자리마다 냅킨이 꽂혀 있는데, 그중에 유난히 솟구친 냅킨이 놓인 자리가 있다. 멋모르고 그 자리에 앉았다가는 3층 높이의 접시 안에 든 요리 값을 다 내야만 한다. 그 자리는 칭커라는 말을 제일 먼저 꺼낸 사람이 앉아야만 한다. 요약해서 정리하자면 '칭커'란 친하게 지내고자 하는 사람들을 한데 모아 그들이 "이러다간 배가 터지지 않을까"라고 걱정할 즈음에 "이제 그럼 주문을 해 볼까"라는 표정으로 요리와 술을 더 시킨 뒤, "많이 드셨는지 모르겠다"고 말하며 계산하는 행위를 뜻한다.

한국인으로서는 칭커하는 일이 상당히 어렵다. 음식물 쓰레기 처리 때문에 곤혹을 치르고 있는 입장에서는 남길 게 뻔한 음식을 더 시키는 데는 상당한 용기가 필요하다. 하지만 어려움은 그것뿐만이 아니다. 칭커한 사람은 음식을 먹기 전에 건배를 청하는 게 상례다. 이때, 칭커한 사람은 온갖 미사여구와 고사성어를 다 동원해 그 자리의 의미를 설명한다.

건배를 청할 때, 그들이 하는 말을 듣고 있노라면 중국인들은 수사학의 대가들이 아닐까는 의심이 든다. 그 자리에 모였다는 이유만으로 남자들은 무조건 영웅호걸이고 여자들은 무조건 절세가인이다. 시절은 호시절이고 건배 한 번으로 우리는 금석맹약을 맺는다.

거기까지야 한국에서 보지 못했던 낯선 문화를 접하는 것이니 재미있다고 생각한다. 하지만 세상에 공짜는 없다. 결국에는 나도 자리에서 일어나 모두에게 건배를 청하고 한마디 읊어야만 하는 것이다. 30년간 봉직한 직장을 그만두는 퇴임식이라거나 부모님의 칠순 잔치를 맞이해서 고마움의 말을 전하는 자리라면 나도 감개가 무량해져서 중얼중얼 온갖 미사여구를 다 동원하겠지만, 오다가다 만난 사람들 앞에서 무슨 할 말이 있겠는가? 그렇다고 "이렇게 불러 주셔서 감사합니다. 앞으로 잘 부탁 드리겠습니다" 정도로만 말했다가는 분위기가 썰렁해질 수밖에 없다. 차라리 10층이 될지언정 남은 음식을 다 먹는 편이 낫지. 말주변이 없는 나로서는 여간 진땀이 빠지는 경험이 아닐 수 없었다.

하지만 인간은 어떻게든 살아가게 된다. 처음에는 칭커라면 고개를 설레설레 흔들던 내가 어느새 그 맛에 빠져들게 된 것이다. 중국 요리와 술은 말할 것도 없고 건배를 청하는 일까지도 좋아하게 됐다. 요령은 간단하다. 그냥 믿어 버리는 거다. 지금은 호시절이고 모두 영웅호걸 절세가인이며 우리는 꽃보다 아름답게 만나게 됐다. 의심하지 말자. 남는 건 그걸 얼마나 더 세게 표현하느냐의 문제뿐이다. 그리하여 나 같은 눌변도 장장 5분에 걸쳐 그날의 만남이 얼마나 역사적인 의미를 지녔는지에 대해 떠들게 됐다는, 믿거나 말거나의 얘기.

그런데 재미있는 건 그렇게 말하고 나면 진짜 그렇게 믿어 버리게 된다는 점이다. 먼저 입과 귀로 취한다. 그다음에는 마음이 취하게 된다. 중국 속담에 "술에 취한 게 아니라 사람에 취했다"라는 게 있는데 그 뜻 그대로다. 평범한 술자리도 그렇게 해서 대단한 자리로 바뀌게 된다. 말이 모든 것을 바꾼다. 어쩌면 우리는 이 삶에 '칭커'당한 것인지도 모르겠다. 세상에 공짜는 없다. 누구나 한 번쯤은 자리에서 일어나 자신이 왜 여기 있는지 말해야만 할 때가 올 것이다. 요령은 간단하다. 지금은 호시절이고 모두 영웅호걸 절세가인이며 우리는 꽃보다 아름답게 만나게 됐다. 의심하지 말자.

여름만이라도 좀 놀면서 지내자,
이 귀신아

    초등학교 시절, KBS의 '전설의 고향' 납량특집 시리즈를 보는 건 여름방학의 중요한 일들 중 하나였다. 여름방학이 임박하면 4주 정도 예정으로 방송할 납량특집, 그러니까 귀신들이 주연을 맡는 시리즈 예고편이 나왔다. 그 시리즈를 다 보고 나면 어느덧 7월이 지나가고 포도철이 찾아왔다. 끝물 과일인 포도가 시장에서 사라지고 나면, 여름도 완전히 끝났다고 볼 수 있었다. 그러고 보면 납량특집에 어울리는 과일은 수박이라는 생각이 든다. 수박을 먹으면서 납량특집을 보고 나면 필시 오줌이 마려울 텐데, '전설의 고향'을 보고 난 뒤, 자기 직전에 찾아가는 화장실은 공포 그 자체였다.

    당시 공포에 관한 한, KBS가 MBC에 압도적인 우위를 점하고 있었는데 어느 해 여름인가는 더 이상 그런 수모를 당할 수는 없다는 듯 MBC가 의욕적으로 납량특집 드라마를 제작한 적이 있었다. 그것 역시 '전설의 고향' 류의 사극이어서 제까짓 게 무서워 봐야 얼마나 무섭겠느냐며 코웃음 치다가 큰코다쳤다. MBC가 KBS의 귀신 아성을 타도하려고 절치부심 얼마나 노력했던지 귀신이 등장하자마자 내 심장은 콩알만해졌다. 소복에 머리를 풀고 입가에 피를 묻히거나, 무덤을 반으로 쪼개며 말 그대로 튀어나오거나, 파란 불빛을 아래에서 비춰 얼굴을 창백하게 만드는 특수효과 따위는 많이 봤으니 무서울 게 하나도 없었는데, 긴 머리를 늘어뜨리고 거꾸로 선 여자귀신이 순간적으로 눈앞에 날아올 줄이야 누가 알았겠는가.

그걸 보면 귀신들에게도 애환은 많을 것 같다. 왜, 다들 원한 한두 개 정도는 가지고 살지 않나. 그러니 죽으면 다들 원한을 갚고 싶은 마음이 굴뚝같을 것이다. 하지만 한꺼번에 그 귀신들을 세상으로 내보내면 여러모로 혼잡할 테니까 귀신 사회에서도 나름대로 심사 과정을 거칠 것이다. 그럴 때, 심사하는 측에서 이렇게 얘기하겠지. "어떻게 원한을 갚을 건데? 머리 풀고 소복 입는 건 이제 안 통해. 거꾸로 둥둥 매달린 채 단숨에 시청자들 눈앞까지 날아가야 그나마 좀 놀랄까 말까. 이게 다 '전설의 고향' 때문이야." 나는 나더러 글 못 쓴다고 말했던 평론가한테 원한이 조금 남아 있는데, 그 걸 갚기 위해서 죽은 뒤에 거꾸로 매달려서 날아갈 생각을 하면 머리가 지끈거려 차라리 그렇다고 인정하고 싶은 마음까지 든다.(마음에 안 들기는 저승사자의 검은 삿갓과 검은 한복도 마찬가지다.)

그 장면이 시청자들에게 얼마나 인상적이었는지 나중에 제작과정이 공개되기도 했다. 제작과정은 지극히 전통적이었다. 사극이라 전통적인 게 아니라 별다른 특수효과도 없이 그저 소복을 입힌 여자연기자를 거꾸로 줄에 매달아서는 이동시켰다는 점에서 전통적이란 얘기다. 특별한 게 있었다면 그 지경이 되어서도 태연하게 원한에 가득 찬 눈빛을 쏠 수 있는 여자연기자의 연기랄까. 물론 그 눈빛의 대상은 자신을 그렇게 매달 수밖에 없었던 피디를 지나, 그렇게 자신이 매달려야만 간신히 넘을 수 있는 '전설의 고향'의, 그 빛나는 납량특집 전통이었겠지만. 그렇게 실제로 매달리는 일의 공포까지 합세해서인지 지금까지도 나는 그보다 더 공포스런 사극을 본 기억이 나지 않는다.

나이가 들면 피칠갑이 된 얼굴을 보면서 토마토케첩이 듬뿍 발린 핫도그 따위를 떠올리고는 입맛을 다시는 일이 잦아진다. 밤중에 화장실 문을 열기 전, 그 안에 소복 입은 여자가 목을 매달고 있을 것이라는 상상이 들지 않으면서 내 유년기는 역사 속으로 사라졌다. 사춘기 소년이 된 이후에는 여름이면 영화관에 가서 '버닝'이나 '13일의 금요일' 같은 공포영화를 봤다. 그 영화들은 사랑에 빠진 소년과 소녀가 둘만의 시간을 보내려고 무리에서 벗어나기만 하면 어김없이 살인마가 그들을 죽이는 식의 내용을 반복했다. 이상하지 않은가? 사춘기를 겪는 소년소녀들에게 사랑하려면 목숨을 걸어야만 한다는 사실을 가르치는 영화가 왜 공포영화일까? "그런데도 사랑 같은 게 하고 싶어?" 학교마다 한 명씩 있는, 학생들을 잘 때리는 남자선생님처럼 생긴 살인마는 꼭 그렇게 묻는 것 같았다. 그 물음에 대한 대답이야 "당연히! 목숨을 거는 일이니까 더욱더!"라는 게 되겠다. 아무리 생각해도 예쁜 소녀와 몰래 사랑하다가 죽는 일은 공포가 아닌 것 같다. 그런 영화들이 공포영화가 되는 까닭은 거기에 사랑이라는 건 알지도 못한 채, 혼자 살아가는 사람이 나오기 때문이리라. 그렇게 살아가야만 한다면, 생각만 해도 끔찍하다. 죽은 뒤에도 갚아야 할 원한이 많은 납량특집의 귀신과 아직 죽기도 전인데 원한을 갚느라 너무 바빠 사랑 따위는 하지도 못하는 공포영화의 살인마 중에서 누가 더 힘들고 괴로울까? 귀신과 살인마, 힘들고 괴로운 사정 따위 내가 알게 뭐람!

그러므로 결론이 이상해지지만 여름에는 무조건 행복하게 지내도록 하자. 죽고 나서도 뭔가 해야 할 일이 있다고 생각하면 골치만 아프다. 원한 같은 건 일찌감치 풀어 버리고, 영 못 풀겠으면 그냥 잊어버리자. 살인마가 될 생각은 더구나 하지 말자. 그건 너무 불쌍하다. 남들은 쌍쌍이 몰래 숨어서 사랑하느라 땀 흘리는데, 머슴도 아니고 전기톱이나 도끼 같은 거 들고 거 뭣 하는 짓이더냐? 날 더운데 일 좀 그만해라. 그럴 힘이 있으면 친구에게 연락해 가까운 호프집에서 생맥주라도 마시든가. 왜 귀신이 나오는 드라마나 공포영화는 꼭 여름에 봐야만 하는지 이젠 알겠지? 여름만이라도 힘쓰는 일 하지 말고 좀 놀면서 지내자, 그런 교훈을 얻기 위해서지. 혹시 원한이 있더라도 날이 좀 시원해지면 그때 갚도록 하고, 일단은 시원한 맥주라도 한 잔 마시자.

이 우주를 도와주는 방법

　국장실에서 부르기에 가 봤더니 한평생 국가를 위해 봉
직한 사람만이 할 수 있는 온화한 목소리로 "김 기자, 내가
김 기자에게 상장을 하나 준비했어"라고 국장이 말했다. 상,
장, 이라고 내가 딱딱 끊어서 말을 받았다. "표창장 친구 말
입니까?"라고 내가 물었다. "그렇지. 종이는 한 장에 불과하
지만." 하지만 국장이 내게 내민 것은 엄중경고를 알리는 묵
직한 언어들을 도트프린터의 조악한 폰트로 인쇄한 A4지였
다. 그걸 들여다보고 있노라니, 국장이 말했다. "이번 감사
결과, 김 기자가 1등이야. 지각 말이야. 보니까 정시에 출근
한 날도 있던데, 그날은 집에 무슨 안 좋은 일이라도 있었
나?"

"원래 제가 하는 일이……"라고 말하려고 하는데, 국장이 내 입을 막았다. "원칙대로 하자면 당연히 퇴사 조치 대상자지만 그럴 수는 없는 법이라 사정사정했어. 그럼 감봉조치에 처하라는 지시가 떨어졌는데……"까지 국장이 말했을 때, 내가 다시 "감봉이라는 게 감봉할 건덕지가……"라고 대꾸하려는데 국장이 다시 내 입을 막았다. "그래서 특별히 봐줘서 엄중경고에 그치는 거야"라고 국장이 말했다. 나는 "국장님!"이라고 소리를 버럭 내질렀다. "고맙습니다." 젠장. "상장이라면 달력 뒷장에라도 인쇄해야 할 것 아니에요"라고 말하며 그 자리에서 돌려주지는 못할망정, "고맙습니다"라니. 나는 자리로 돌아와 그 상장을 바라봤다. 그건 채찍처럼 보였다. 나는 달리는 말이었고.

달리는 말에 채찍을 때리는 종족과 같은 하늘에서 살 수 없는 종족이 바로 피그말리온 효과를 믿는 자들이다. 어떻게든 말은 달리겠지만, 피그말리온 효과를 믿는 사람들은 당근을 줄 때 말이 더 잘 달린다고 생각하는 사람들이다. 퇴사 조치를 간신히 면했으며 감봉 조치를 가까스로 피한 상습적 지각사원이라는 딱지는 결국 그 사람을 상습적 지각사원으로 만들 뿐이라는 게 피그말리온 효과의 교훈이다. 프리미어 리

그에 가면 박지성은 잘할 수밖에 없다. 왜냐하면 누구나 그를 세계적인 축구 선수로 볼 테니까.

신인 작가였던 시절에 원고를 갖다 주려고 그 회사에 가본 일이 있었다. 문화부 산하 단체가 운영하는 출판전문 잡지사였는데, 문을 열고 들어갔더니 온통 신간 서적뿐이었다. 아이의 눈 앞에서 나부끼는 테마파크 평생이용권이나 마찬가지였다. 그 순간부터 나는 그 회사에 취직하겠다는 꿈을 키웠다. 나 같은 사람이 그런 잡지사에서 일하지 않는다면 우주적인 손실이라고 생각했다. 기도를 하거나 로비를 벌이지는 않았다. 다만 언젠가는 그 잡지사에서 일하게 될 것이라고 믿었을 뿐이다. 기대치가 높을수록 일이 성사될 확률이 높다는 피그말리온 효과를 신봉하며.

그러던 어느 날, 예전 직장 선배가 내게 그 잡지사에서 사람을 구한다는 말을 전했다. 무려 5년 만에 나는 간절히 원하던 직장에서 면접을 보게 됐다. 작은 체구에 눈빛이 부드러운 편집장은 내게 그 잡지사에 들어오면 겪게 될 불편을 수천 가지도 더 말했다. 월급이 적다, 야근이 잦다, 처음에는 계약직으로 시작해야만 한다 등등등. 모든 말이 끝났을 때 내가 물었다. "그럼 좋은 점은 뭔가요?" "원하는 만큼 책을 읽을 수 있어요." 딩동댕, 빙고. 그렇게 해서 우주는 손실을 면했고 피그말리온 효과는 의미 있는 것으로 드러났다.

내가 가장 열심히 일한 회사였다. 집에까지 일거리를 들고 가는 것은 물론이었거니와 출퇴근 시간에도 일을 손에서 놓지 않았다. 인간이라면 마땅히 그래야만 하지 않겠는가! 신간 서적을 읽고 글을 쓰면 돈을 준다는데 누가 열심히 하지 않겠는가. 한편으로는 그 회사에서 일할 때 나는 가장 많이 놀았다. 어떨 때는 내가 일하는 건지 노는 건지 알 수 없을 지경이었다. 나는 출근과 퇴근의 구분도, 집과 회사의 차별도 없는 직장 생활의 열반을 경험했다. 그러므로 나는 어떤 미련도, 죄책감도, 후회도 없이 그 상장을 가볍게 찢어 버렸다. 역시 얇은 종이라 잘 찢어졌다.

한때 여성 잡지사에 다닐 때, 미혼의 여 사장님이 특집 기획안으로 "일 잘하는 여자가 섹스도 잘한다"라는 걸 내놓은 적이 있었다. 좋은 말이었다. 뭐든 잘한다 잘한다 하면 다른 것도 잘하게 되는 법이다. 피그말리온 효과는 주위 사람들이 기대감을 가질 때 가장 크게 발휘되는 것이지만, 여건이 허락하지 않을 때는 스스로 가져도 괜찮다. 그러므로 자신이 하는 일은 우주적 손실을 면하게 하는 일이라고 생각해 버리자.

宇宙心을 제멋대로 작동시키는,
말하자면 우주의 중심

서울에서 살게 된다면 삼청동에서 살아야겠다고 결심한 것은 1988년 여름의 일이었다. 그때 나는 고등학교 3학년이었는데, 그런 주제에도 짧은 여름방학을 이용해서 친구와 함께 서울에 놀러 갔었다. 그때 내게 서울은 얼마나 큰 도시였던지. 당시에는 우주에 관한 책들을 즐겨 읽었는데, 서울만 해도 이처럼 거대하니 우리 은하, 하물며 태양계가 얼마나 너른 공간인지 짐작할 수도 없을 정도였다. 맞다. 이건 옛날 서울역 역사를 빠져나오는 시골 촌놈이나 받을 수 있는 충격이었다.

그러다가 친구는 서울에서 유학하는 누나의 방에 가서 잠을 자고, 나는 한 시인을 만나러 어느 출판사를 찾아갔다. 그 시인은 고불고불하게 계속 이어지는 서울의 뒷골목에 있는 한 출판사에서 편집장을 하고 있었다. 얘기인즉슨, 그 출판사에서는 〈우주심과 정신물리학〉이라는, 천문학 책도 아니면서, 그렇다고 심리학 책도 아닌, 그러니까 '宇宙心'이라고 하는 이상야릇한 주제를 다룬 책을 펴낸 적이 있는데, 그래서 그 책의 좋은 독자가 되려면 천문학에도 좀 관심이 있어야만 하고 심리학 쪽도 기웃거려 봐야만 했는데, 하필이면 내가 딱 그 책의 열혈독자가 될 수 있었다.

그래서 그 출판사에 그 책에 관한 독후감을 적어서 보냈는데, 그 시인(그는 그 책을 번역한 사람이기도 했다)이 내 글을 읽고는 "글을 잘 읽었습니다"라는 내용의 편지를 보내온 것이었다. 몇 번 더 편지가 오갔거나 연락이 됐을 것이고, 내가 서울에 간다는 사실을 알자 그 시인은 얼굴이나 한 번 보자고 얘기했다. 시인은 내가 생각했던 것보다 훨씬 더 멋있었고, 그는 앞에 앉은 내게 김천에서는 한 번도 들어 본 적이 없는 그런 종류의 이야기를 들려줬다. '와! 와! 와! 이건 정말 대단하구나.' 그 순간부터 나는 이 우주 공간에서 내가 알지 못하는 영역에 대해서 관심을 가지게 됐다. 우주는 그처럼 넓었으니까 열아홉 살의 내가 알지 못하는 부분은 너무나 많았다.

어둠이 내리고 난 뒤, 우리는 아마 뭔가 먹었을 것이다. 그 다음에 나는 그를 따라 버스에 올라탔다. 그 버스에서 나는 마침내 그걸 보고야 말았다. 그러니까 서울올림픽을 앞두고 화려하게 조명을 반짝이던 세종문화회관을. 세상에, 그 건물은 또 얼마나 거대하던지. 세종문화회관의 크기에 압도당해 실신 지경이었던 내 눈앞으로 이번에는 광화문이 들어왔다. "광화문은/ 차라리 한 채의 소슬한 종교"라던 서정주의 시를 읽은 건 그다음의 일이었지만, 역시 내 눈에도 "광화문은 차라리 한 채의 거대한 우주"와 같았다. 종점 바로 직전의 정류장에서 우리는 하차했다.(그 뒤로 나는 여러 번 '종점 바로 직전의 정류장' 근처에서 살았는데, 젊은 유학생은 늘 그 언저리에서 방을 구할 수밖에 없었으므로 그건 청춘의 주거지에 관한 메타포이기도 했다.)

어두운 거리에는 행인들이 별로 없었다. 군데군데 양복을 입은 사람들이 서 있었다. 그들은 한쪽 귀에 이어폰을 꽂고 있었다. 여름 더위에 못 이겨 거리로 나와 라디오를 듣는 주민들……이라고는 절대로 상상할 수 없었다. 그들은 청와대를 경비하는 사복경찰들이었다. 우리가 내린 정류장 맞은편에는 입구에서는 나무밖에 보이지 않는 대저택이었고, 그 대저택 앞에서는 경찰들이 바리케이드로 입구를 봉쇄하고 있었다. 시인은 비폭력 시위에 나선 성직자처럼 그 바리케이드를 향해 곧장 걸어가더니 주머니에서 뭔가를 꺼냈다. 그의 무기는 주민등록증이었다. 주민등록증을 확인한 경찰들은 바리케이드 한쪽을 열어 줬다. 그 안쪽은 정말이지, 쥐새끼 한 마리도 보이지 않는 정적의 거리였다. 시인의 집에 도착했을 때, 나는 아까 본 그 대저택이 총리 공관이며 불빛이 환한 담장 너머가 청와대라는 사실을 알게 됐다.

그날 저녁의 일. 그 집에서 잠을 자야만 했는데, 방은 하나뿐이었다. 하나뿐인 그 방에는 불행하게도 시인의 아내도 있었다. 한 방에서 세 명이 같이 자는 것이었다면 아마도 나는 따라가지 않았을 것이다. 오오오, 우주는 이렇게도 넓고도 큰데 나는 바리케이드 안쪽 청와대 담장 옆의 작은 방에 고립된 것이었다. 바리케이드와 사복경찰들을 뚫고 내가 그 방에서 도망친다는 건, 그러므로 도저히 불가능한 일처럼 보였다. 체념한 내게 시인의 아내가 청바지는 벗고 자라고 말했다. 나는 화들짝 놀라서 대답했다.

"저는 원래 항상 청바지를 입고 잡니다."

'그럼 지금까지 너는 잠옷을 입고 다닌 것이란 말이더냐?', '남쪽 지방에서는 잘 때 청바지를 입는다는 소리냐?' 내 눈에는 그런 문장들이 뭉게뭉게 방 안을 떠다니는 모습이 보였다.

"동생보다도 더 어린데 뭐가 부끄러워요. 바지 벗고 편하게 자요."

시인의 아내가 다시 말했다.

"부끄러워서 그런 게 아닙니다. 원래 옷 입고 잡니다."

다시 한 번 내가 말했다. 더 이상 두 사람은 내게 바지를 벗고 자라고 권하지 않았다. 하지만 그런 나를 보고 웃지도 않았다. 이윽고 불이 꺼졌다. 몸이 갑갑해서 죽을 것 같다고 생각하면서도 나는 나를 놀리지도, 강제로 바지를 벗기지도 않은 두 사람이 고마웠다. 나는 정복경찰과 사복경찰이 24시간 경계근무를 서고 있는 청와대 바리케이드 안쪽에서 버클을 꽉 채운 청바지를 입은 채 잠이 들었다. 마치 성처녀라도 된 듯한 기분이었다.

그로부터 6년이 지난 뒤, 내가 삼청동에 방을 구한 것은, 그러므로 우연이 아니었다. 이번에는 상황이 조금 나빠져서

마을버스 종점에 내려서도 10분 정도 더 걸어가야만 하는 곳
이었다. 삼청동으로 이사하자마자 나는 전입신고부터 했다.
바야흐로 나는 스물네 살이었고, 시인이었고, 또 소설가였
다. 잠잘 때마다 청바지를 입고 허리띠를 졸라맸기 때문이라
고 말할 수는 없지만, 어쨌든 내가 봐도 '인생, 그것은 미지
수'였다. 인생을 움직이는 건 말하자면 '宇宙心'이라고나 할
까. 제멋대로다.

전세계약서에 사인하고 한 달을 살고 난 뒤에야 그게 공
유지에 무허가로 지은 건물이라는 걸 알게 됐다. 허탈했다.
그럼 주인이라고 말한 사람은 무엇의 주인이란 말인가? 이
런 소박한 질문에 복덕방쟁이는 자신이 주인이라고 소개했
던 그 사람은 점유권의 소유자라고 말했다. 공유지라고 하더
라도 실질적으로 그 땅을 점유하고 있으면 점유권이 생기며,
30년 정도가 지나면 자기 땅이 될 수도 있다고 그는 설명했
다. 전세방으로 돌아오면서 나는 담장 너머 청와대 뒷산을
바라봤다. 거기에는 아무도 점유하지 않은 땅들이 즐비했다.
그렇군. 그랬던 것이군. 그래서 그렇게 많은 경찰들이 바리
케이드를 치고 사람들의 접근을 막았던 것이군. 그랬던 것이
든 어쨌던 것이든 30년 정도가 지나면 자기 땅이 될 수도 있

는 곳에서 전세를 살게 되면 방을 뺄 때 필연적으로 들어오는 문 위에 가위를 매달아 놓는다든지 하는 일(무허가라 방이 잘 빠지지 않자 누군가 다른 세입자를 빨리 구하려면 그렇게 해 보라고 조언한 것인데……)을, 그것도 몇 달 동안 해야만 한다는 사실은 더 나중에야 알게 됐다.

그러거나 말거나, 삼청동은 서울의, 아니 한국의 최중심지라고 할 수 있다. 2008년 여름 촛불시위가 계속되는 동안에도 그랬지만, 옛날에도 시위가 벌어지면 삼청동으로 진출하려는 게 시위대의 궁극적인 목표였다. 내가 살 때도 삼청동의 초입인 동십자각 부근에는 늘 전경들이 길을 막고 서서 수상쩍어 보이는 사람들을 검문했다. 나는 가끔 청바지를 입고 잠을 잘 뿐, 생김새로 봐서는 수상쩍게 보일 리는 전혀 없는 사람이었다. 하지만 전경들이 검문을 서고 있을 때, 그 검문을 피한 적은 한 번도 없었다. 눈빛이 날카로워 혁명가의 풍모가 어쩔 수 없이 배어났기 때문이라고 말하기에는 그 심사가 좀 '宇宙心'을 닮은 것이고, 이유는 단 하나. 그때 내가 스물세 살이거나 스물네 살이었기 때문이었다. 검문을 당하면 나는 지체 없이 주머니에서 주민등록증을 꺼냈고, 주민등록증상의 주소지를 확인한 전경들은 맥없이 뒤로 물러섰다. 삼청동 산 5-1번지. 거기가 30년 정도가 지나면 자기 땅이 될 수도 있는 곳이라는 걸 아는 전경들은 아무도 없었다. 역시 촌놈들. 그래 가지고서야 청와대를 안전하게 지킬 수 있을까?

그러므로 시내 쪽에서 엄청나게 많은 최루탄이 터지는 날에도 삼청동 주민들은 명상을 즐길 수 있을 정도였다. 삼청동은 서울에서 가장 살기 좋은 동네였다. 첫 번째 도둑이 없었다.(그러니까 세상에는 제정신이 박힌 도둑들이 많았던 것이다.) 술에 취해서 시비를 거는 사람은 있었을지도 모르지만, 술에 취하려고 하는 예비 동작을 취하면 바로 진압해 버렸는지 내 눈으로 본 적은 한 번도 없었다. 밤이면 삼청터널 길을 통제했기 때문에 자동차가 다니지 않았다. 가장 좋은 것은 여름에도 모기가 없어서 창문을 열어 놓고 잠잘 수 있다는 점이었다. 모기들을 진압하는 것도 청와대를 지키는 사람들의 임무였으므로 여름이 시작될 기미만 보이면 청와대 외곽에다가 모기약을 말 그대로 쏟아부었다. 총리 공관 맞은편 언덕에서 그 광경을 봤을 때는 나는 그게 다 최루가스인 줄 알고 깜짝 놀랐었다. 모기들은 알 차원에서 죄다 진압됐다.

말했다시피 내가 살았던 곳은 산 5-1번지. 조금만 걸어가면 약수터가 나오는 곳이었다. 그 집에서 살 때, 나는 수도경비사령부의 보호 아래 친구들과 밤새도록 술을 퍼마시곤 했다. 밤을 꼬박 새운 뒤에는 그 약수터까지 걸어가서 물을 마시기도 하고, 삼청공원에 가서 괜히 멀쩡한 시민인 것처럼 배드민턴을 치기도 했다. 모두 구토를 수반하는 현기증 나는 일이었지만, 그때는 왜 그렇게 밤마다 잠을 자지 않았던 것인지 모르겠다. 내게는 더 많은 청바지가 필요했던 것인지도 모른다. 친구와 약수터에서 물을 받고 있으면 새벽 어스름 속에서 머리를 산발한 사람이 다가오기도 했다. 귀신이라기보다는 귀신보다 더 무서운 사람이었다. 친구는 물을 받다 말고 미친놈처럼 노래를 불렀다. 나의 과거는 어두웠지만……. 뭐 그런 노래였다. 듣고 있노라면 그놈의 미래 역시 그다지 밝아 보이지는 않았다.

노래를 들은 그 귀신이라기보다는 귀신보다 더 무서운 사람은 흠칫 놀란 듯 걸음을 멈추고 어둠 속에서 우리를 쏘아봤다. 그 시선에서는 "뭐, 이런 宇宙心 같은 경우가"는 느낌이 물씬 풍겼다. 머뭇머뭇 우리에게 다가오지는 못하고, 그렇다고 다시 온 길을 되짚어 도망가지도 못한 채 그 귀신이라기보다는 귀신보다 더 무서운 사람은 가만히 서 있었고,

내 친구는 고개를 꾸벅 숙이며 인사했다. "팬입니다." 그렇다. 우리는 팬이었고, 그는 술이 취해서 약수터 뒤 집으로 돌아가던 전인권이었던 것이다. 김천 내 방에 들국화의 브로마이드를 붙여 놓던 열여섯 살 시절에만 해도 우리가 이웃사촌이 되리라고 생각한 적은 한 번도 없었다. 우주가 내 손아귀에 다 들어온 듯한 느낌이었다.

처음에 집을 구하려고 삼청동을 찾아갔을 때, 내 마음에 꼭 들었던 총리 공관 옆 2층은 나중에 알고 봤더니 시인 이문재 씨가 살던 곳이었다. 영문학과 동기생이 구한 한옥은 소설가 신경숙 씨가 살던 곳이었다고 한다. 밤마다 마실 갈 때면 삼청동 길옆에 있는, 새벽의 전인권 씨를 연상시키는 형상의 카페에 자주 들르곤 했는데, 거기 가면 늘 소설가 이제하 선생을 볼 수 있었다. 거기서 한 몇 년 더 살았다면 아마도 칼국수를 좋아했다던 김영삼 씨도 볼 수 있지 않았을까나. 삼청동은 세상에서 가장 좁은 우주였다. 그러므로 내가 아는 서울이란 바로 삼청동뿐이었다.

삼청동에 살면서 가장 힘든 것은 자정 무렵 택시를 잡는 일뿐이었다. 시내 어디에 있든 택시를 타고 가기에는 너무나 가까운 곳이었기 때문이었다. 걸어 다니면서 원하는 모든 것을 구할 수 있는 곳이 삼청동이었다. 종로까지만 나가면 거기에 뭐든지 다 있었으니까. 천재지변이나 전쟁이 일어난다고 해도 나는, 비록 그게 점유권 위에서 자는 것이나마 나의 방으로 돌아가 청바지를 입었든 청치마를 입었든 편안하게 잠들 수 있었다. 삼청동에서 산다는 건 그런 의미였다. 어쨌든 여기가 세계의 중심이라는 것. 늘 그렇듯이 중심은 참으로 고요하다는 것. 그게 모기든 취객이든 들끓는다면 그건 거기가 변방이라는 것.

삼청동의 초입에는 전인권 씨가 경영하던 라이브카페가 있었고, 내가 좋아라 행복해하며 다녔던 잡지사가 있었고, 거기서 조금 더 걸어 올라가면 밤이면 삼청동 주민들이 모여서 술을 마시던 치킨집이 있었다. 그다음부터는 쭉 어두운 길이고, 혼자 걸어가면 많은 경찰들이 나를 지켜보던 길이었다. 마지막 슈퍼는 뜻밖에도 총리 공관을 지나 용수산 옆 골목 초입에 있었다. 뭔가를 사려면 거기서 사야만 했다. 그 슈퍼가 문을 닫으면 편의점까지 20분은 족히 걸어 내려가야만 했으니까. 그러므로 점유권만 가진 게 분명할 집들 사이 좁은 골목길을 걸어갈 때면 늘 내 손에는 맥주가 한두 병 들려 있었다. 여전히 '宇宙心'은 내게 이해불가의 영역이었지만,

맥주 한두 병에 취해가는, 모기 하나 없이 참으로 시원한
삼청동의 여름밤 정도라면 이해불가의 인생이어도 그리
나쁜 것만은 아니라는 생각이 들었다.

준비성 없는 여행자들을 위한
마법의 주문

　나는 뭔가 새로운 일에 도전하는 걸 아주 좋아한다. 여행
이라고 예외는 아니다. 나의 외국 여행은 대부분 리얼버라이
어티쇼에 가깝다. 그건 여행이라기보다는 영문도 모르고 그
냥 어딘가에 떨어지는 일에 가깝다. 그래서 내게는 특별한
생존 전략이 있다. 그건 바로 다음과 같은 마법의 주문이다.
낯선 곳에 떨어지면 나는 그 주문을 왼다. '이제부터 내게 어
떤 일이 생길 텐데, 그 일들은 내가 한 번도 상상해 보지 못
한 일일 것이다. 그런 일이 생기더라도 절대로 놀라지 말자.
마음대로 넘겨짚지 말자. 인간성을 믿자.' 다른 도리가 없지
않겠는가? 아무런 준비도 해 오지 않았으니, 내 앞에서 벌어
지는 놀라운 일들이 그 나라에서는 일상적인 일인지 특별한

일인지 판단할 방법도 내겐 없으니까. 게다가 최단 시간 내에 나를 도와줄 착한 현지인을 사귀지 못하면 굶어 죽거나 얼어 죽을 가능성이 많기 때문에 그게 누구라도 나는 인간성을 신뢰할 수밖에 없다.

중국 옌지에 갔을 때였다. 옆방의 옆방의 옆방의 옆방에서도 2층 아랫방에 들어온 남자가 내게 와서 혈압이 높아서 쓰러질 것 같으니 병원에 데려가 달라고 부탁한 적이 있었다. 이미 자정을 넘긴 시간이었다. 그 사람이 처음 보는 내게 그런 부탁을 한 건 내가 그 사람보다 일주일 먼저 옌지에 들어왔기 때문이었다. 막 도착해서 외국 체류의 스트레스를 한껏 받고 있던 그 사람의 눈에는 내가 연변 사람처럼 보였던 게 분명하다. 그러기에 외국에서 넘겨짚으면 안 된단 말이다.

어쨌든 당장 죽을 것 같다고 해서 그 사람을 데리고 병원을 찾아 나섰다. 자정이 넘은 옌지의 밤거리는 한국인만을 노리는 노상강도와 장기매매를 전문으로 하는 조직폭력배와 남한 사람들을 납치하는 북한 공작원이 가득했다고 먼 훗날 회상하게 될 게 분명한 것처럼 무시무시하게 보였다. 나는 잠시 걸음을 멈추고 주문을 외웠다. '일어나는 일을 그대로 받아들이자. 넘겨짚지 말자. 인간성을 신뢰하자.' 한 다섯 번쯤 되뇌고 나니까 옌지의 밤 풍경이 그냥 지방 소도시의 밤 풍경처럼 보이기 시작했다.

간신히 병원을 찾아 접수처에 가니까 링거액과 바늘을 먼저 사야만 응급실에 들어갈 수 있다고 했다. "아니, 입장료도 아니고, 이게 무슨"이라기보다는 아마 옌지에서는 응급실에 가려면 링거액과 바늘을 먼저 사야만 하는 게 틀림없다고 믿기로 했다.(그건 나중에 사실로 밝혀졌다.) 당직의사, 아마도 인턴은 그를 침대에 눕히고 그가 사 온 링거 바늘을 팔뚝에 꽂았다. 그렇게 조금 있으려니까 이 남자가 짜증을 내기 시작했다. 환자가 왔는데 왜 빨리 치료해 주지 않느냐는 것이었다. 한국 같으면 어찌 이런 일이 일어나겠는가는 의미를 담은 게거품을 물고. 그 사람 혈압이 더 오를까 봐, 내가 진정시키며 의사를 찾아 나섰다.

바로 그때였다. 피범벅이 된 세 사람이 응급실로 들어왔다. 누가 환자인지 분간하기 어려웠지만, 팔을 끼고 있는 형태로 봐서 가운데 사람이 환자인 것 같았다. 싸움이 벌어졌는데 상대방이 칼로 그를 난자했다고 했다. 당직의사는 놀란 표정으로 그들을 한쪽으로 밀어 넣고는 몇 가지 응급조치를 취하는 것 같았다. 잠시 뒤에 의사가 커튼을 열고 나오더니 어딘가에 전화를 걸었다. 의사는 전화에다가 대고 이렇게 말했다. "무서워 죽겠슴다. 눈알이 풀렸슴다. 빨리 내려오십시오." 상대방이 뭐라고 얘기했다. 그러자 그 젊은 의사는 서 있는 두 사람과 정신을 잃은 한 사람에게 이렇게 말했다.

"우리는 이거 못 고칩니다. 택시 불러 줄 테니까, 다른 병원으로 가십시오."

"지금 우리는 돈이 하나도 없슴다."

"택시비는 내가 내겠슴다. 빨리. 급합니다."

나와 함께 병원에 갔던 그 남자는 두 눈을 감고 여전히 옌지의 의료시스템을 한국과 비교하고 있다가 실내가 소란스러워지니까 눈을 뜨려고 했다. 내가 얼른 손으로 두 눈을 가렸다. 봤다가는 혈압이 더 오를 게 분명했으니까. 바로 그때, 뭔가가 쿵하고 바닥으로 떨어지는 소리가 들렸다. 두 사람이 칼에 찔린 사람을 양쪽에서 들고 나가다가 상체를 들었던 사람이 그만 그를 놓친 것이었다. 그러니까 환자의 머리통이 콘크리트 바닥으로……. 나는 울고 싶은 심정이었다. 그건 다른 사람들도 마찬가지였으리라. 의사도, 환자의 친구들도. 무엇보다 그 환자도.

그들이 나가고 난 뒤에 나는 여전히 투덜거리는 그 남자를 잘 설득해 다시 숙소로 돌아가기로 했다. 나는 그 사람의 링거를 손에 들었다. 우리는 어두운 옌지의 밤거리를 걸었다. 계속 눈을 감고 있었던 그 남자가 내게 무슨 일이 있었느냐고 물었다. 나는 대답했다. 옌지에서도 싸우다가 상대방을 칼로 찌르는 일이 일어난다는 사실과, 또 옌지에서는 병원에 갈 때 앰뷸런스 대신에 택시를 이용하는 경우도 있다는 사실과 응급실의 인턴들도 우리와 비슷한 사람이어서 너무 심한 상처를 보면 겁을 낸다는 사실에 대해서. 다행히 주문의 힘이 먹혀든 것이었다. 그러자 그 남자가 대답했다.

"사람 사는 곳은 다 똑같구만. 하지만 병원은 형편없어."

글쎄, 병원보다는 옌지에서 한국 병원만 되뇌던 그 사람의 형편이 좀……. 모르겠다. 어쨌든 나중에야 나는 그 모든 것이 사실이었다는 걸 알게 됐다. 옌지에는 아직 앰뷸런스가 많지 않았고, 성격이 급한 사람들이 많아서(그게 바로 조선족들, 우리와 같은 민족이다!) 싸움이 자주 벌어진다는 사실을. 하지만 반면에 많은 사람들이 값싸게 병원을 이용할 수 있고, 성질을 못 이겨 잘 싸우는 성격 탓에 한 번 친해지면 정말 잘해 준다는 사실도.

여행자란 어떤 사람인가? 일어난 일을 자기 마음대로 해

석하고, 모든 걸 다 아는 것처럼 넘겨짚고, 현지인들을 잠재적인 범죄자로 여기는 사람이다. 우린 애당초 그렇게 생겨먹었다. 내게 여행이란 나 역시 이런 생각을 한다는 사실을 인정한 뒤, 이 태도를 넘어서려고 노력하는 일이다. 내가 집으로 돌아가는 순간은 여행지가 집처럼 느껴질 때라고 생각한다. 그러고 보면 나는 "거기서 아예 살고 싶었어"라고 말하는 사람들에게 더 솔깃했다. "난 한국이 좋아"라고 말하는 사람들보다.

우리는 우리와 다른 사람들의 존재도 인정하고 살아야 한다. 그래야 세상이 편안해지고 모두 행복해진다. 이 말의 의미를 쉽게 납득시킬 수 있는 가장 좋은 방법은 무엇일까? 지금 당장 짐을 꾸려서 낯선 곳으로 떠나면 된다. 그러므로 우리에게 행복하게 살 권리가 있다면, 그건 우리에게 여행할 권리가 있다는 말과 마찬가지다. 다들 자기 안에 갇혀 있지 말고 떠날 것을 권한다.

롤러블레이드 할아버지,
에스프레소 할머니

내가 사는 동네를 중심으로 오랫동안 관찰한 바에 따르면, 2011년 현재 뜨거운 아메리카노 한 잔의 가격 3500원을 중심으로 손님들의 연령대가 나뉘어진다. 3500원 이상이면 40대 이상의 손님들이 잘 보이지 않고, 반대로 분위기가 좀 구리다 싶은 커피숍에서는 대개 3500원에 밑도는 가격으로 아메리카노를 마실 수 있다. 이건 커피숍 '물'의 빈익빈부익부 현상과 커피숍 간의 양극화 현상을 잘 보여주는 사례일 수 있다. 빈익빈부익부, 양극화의 다른 사례들과 마찬가지로 3500원 이상을 받고 아메리카노를 파는 가게들은 선순환 구조를, 그 이하의 가게들은 악순환 구조를 밟는다.

선순환 구조는 다음과 같다. 대개의 커피숍에는 흡연 코너가 있는데, 주로 밖이 잘 보이는 곳에 자리잡고 있다. 밤에 가 보면 그 자리에 젊은 여자들이 죽치고 앉아서 담배를 피운다. 그 담배 연기는 살충제보다도 더 강력하게 중년들을 퇴치한다. 담배를 꼬나문 여자들에게 내성이 생긴 몇몇 중년들이 연기를 뚫고 계산대까지 진입했을 때, 이번에는 한 잔에 3800원짜리 아메리카노가 그들을 맞이한다. 가격만 놓고 본다면 그게 치명적일 수는 없지만, 젊은 여자들의 담배 연기에 마비된 뇌로는 그게 부당할 정도로 비싼 가격처럼 느껴진다. 결론은 다시는 그 집을 찾지 않는다는 것.

반대의 경우는 이렇다. 젊은 여자들은 대개 자기들끼리 뭉치는 경향이 있다. 그래서 좋은 가게가 오픈하면 그쪽으로 대거 이동한다. 그렇게 젊은 여자들이 빠져나간 가게로 젊은 남자들이 올 리는 만무하다. 그러니 한동안은 파리만 날리게 된다. 그러다가 월세를 감당하지 못한 주인은 1+1 등 몇 가지 이벤트를 하다가 기본 커피의 가격을 내린다. 대개 뜨거운 아메리카노가 그 대상이다. 2900원이면 그럴듯하다. 1900원도 괜찮다. 어쨌든 끝에 900원을 걸쳐야지 아주 싼 것처럼 느껴질 테니까. 그러면 그게 사실은 몇 백원 밖에 차이 나지 않는다는 사실을 알면서도 파리들을 몰아내며 그들이 찾아온다.

중년 아저씨들. 양복바지가 딱, 검정색 목 폴라티가 딱, 왼쪽 가슴에 노스페이스가 딱, 핸드폰을 꺼내서 모든 손님이 듣게 큰소리로 통화를 딱……. 그 뒤의 일은 보나마나다.

여기까지는 커피숍에 업자들처럼 보이는 남자들이 앉아 있을 때, 왜 그 커피숍이 몇 달 안에 망한다고 자신할 수 있는지에 대한 우리 동네 커피숍 주인의 강의에서 영감을 얻어서 쓴 글이다. 오랫동안 꿈꿔 온 바리스타의 길로 들어선 그가 가장 신경을 많이 쓰는 일은 자신의 가게에 40대 이상의 '기지바지'들이 들어오지 못하게 막는 일이었다. 여기에는 여러 방법이 있다. 가게 전체를 금연 구역으로 지정한다거나 클래식 음악을 틀어 놓는다거나. 그가 보기에 가장 좋은 방법은 리필을 가능하게 하는 대신에 가격을 5000원 이상으로 올리는 것이었다. 이상하게도 40대 이상의 사람들은 커피 가격에 민감하단다. 주변에 2900원짜리 아메리카노를 파는 가게가 있는 한, 그들은 가격을 비교한단다. 우리나라가 다민족국가이거나 계급사회가 아닌데, 알게 모르게 40대 이상을 차별하려는 그의 노력에 경의를 표하는 바다.

내가 어렸을 때만 해도 커피숍이라는 공간은 없었다. 거기에는 다방뿐이었다. 왜 그래야만 하는지는 몰라도 모두 외자

짜리 이름의 다방이었다. 별다방, 정다방, 그런 식으로. 다방은 어른들의 공간이었으므로 평상시에는 잘 드나들기 어렵고 1년에 한두 번 정도는 다방에 들어가는 일이 있었다. 가보면 잡담을 나누며 커피를 마시는 남자 어른들 사이에 마담과 레지가 앉아 있었다. 거기서는 창가에 앉아 커피를 마시면서 고독을 즐기는 사람은 절대로 찾아볼 수 없었다. 마담과 레지를 상대로 입담을 선보여야만 살아남을 수 있는, 진짜 어른들의 세계였다. 그렇게 해서 아저씨들이 앉아서 커피를 마신다면 거기는 다방이라는 생각이 골수 깊숙이 박힌 것이다.

나도 나중에 다방을 드나든 적이 있었다. 고향에서 방위병으로 근무할 때의 일이었다. 그때 나의 전우들은 방위병이 되기 전에 참으로 다양한 직업에 종사했는데, 어떤 직종에서 일했든 일단 하루 일과가 끝나면 막걸릿집에서 술을 마시는 것으로 하루를 마감했다. 그다음에는 집으로 들어가는 막차가 올 때까지 정류장 근처 2층 다방에서 레지들과 농담 따먹기를 했다. 전우들을 따라 사선을 넘지는 못했지만, 다방에는 자주 드나들었다. 거기서 오가는 농담은 성적 전압이 높아서 웬만한 이야기는 명함도 못 내밀었다. 아는 농담도 많지 않은 나는 그냥 꿀 먹은 벙어리처럼 버라이어티한 그들의 농담 따먹기를 구경할 수밖에 없었다. '역시 다방은 내 체질에 맞지 않아.' 그때도 그런 생각을 했던 것 같다. '아저씨들이 있는 곳에는 가지 말아야지. 특히나 아저씨들이 커피를 마시면서 농담도 아울러 따먹고 있는 곳에는 더군다나.' 결심하고 또 결심했다.

그러니 나는 그 커피숍 주인의 은근한 차별 정책에 100퍼센트 동의했는데, 문제는 바로 여기서 발생했다. 마치 나는 독립투사를 검거하고 다니는 일본군 앞잡이가 된 셈이었으니까. 이젠 나도 40대 이상이 아니겠는가.(엉? 누가 그래? ㅜㅜ) "음, 그러고 보니 저도 해당되는군요." "아하하, 절대로 그렇게 안 보입니다. 결혼 안 하신 것 같아요." "그것도 문제인걸요. 이 나이 되도록 결혼 안 한 걸로 보인다니." 해서 결국 나는 생각을 바꾸기로 했다. '나' 안에 있는, 아저씨 아줌마들에 대한 평생에 걸친 차별 의식을 과감하게 버리기로. 이건 좀 대단하지 않은가? 이제 내게는 모든 인간이 다 평등하다는데.

그러다가 며칠 뒤에 신문에서 별 괴상한 광고를 봤다. 죽기 전에 해야 할 일들이 한두 가지가 아니라는 것은 잘 알겠으나, 그중에 청바지를 입는 일도 들어간단다. 무슨 탈레반 정권의 학정에 시달리는 만화 주인공 까치의 절규 같은 소리지만, 그런 내용의 광고가 신문 한 면을 가득 메우고 있었다. 거기에는 괴상망측한 사진과 장황한 설명이 있었는데 세 줄로 요약하자면 다음과 같다.

1. 그동안 누구도 40대를 위한 청바지를 만들지 않았다.
2. 이번에 우리가 만든 제품은 하체가 청바지에 들어가지 않는 40대의 특수한 체형을 고려해서 만들었다.
3. 우리 제품이 아니라면 죽기 전에 당신들(그러니까 나를 포함해서!!!)은 절대로 청바지를 입을 수 없으니 사서 입든가, 다시는 청바지 입지 못하고 죽든가.

자기들이 만든 청바지의 실제 가치는 1백만 원이 넘는데, 이번에는 15만 원만 받고 팔겠다는 등, 뭔가 더 복잡한 이야기도 있었는데 그건 40대 이상이 이해하기 어려운 것이었는지 나도 뭔 소리인지 잘 모르겠다. 어쨌든 그 광고를 보고 내가 놀란 것은 40대를 위한 청바지가 지금까지 한 벌도 없었다는 엄청난 폭로가 아니라 40대를 위한 청바지라면서 광고

모델로 머리털이 새하얀 영감을 내세웠다는 점이었다.(이거 뭐하자는 겁니까?) 그 영감을 보고는 하체가 청바지에 들어가지 않으면 고무줄바지 같은 걸 입으면 될 일이지, 허리둘레를 늘려 가면서까지 그걸 청바지라고 우기면서 꼭 입어야 하나? 낄낄대며 비웃다가 나는 다시 생각했다. '차별 의식은 버려야만 한다. 내가 바로 저 영감이다. 내가 바로……' 그런데 이걸 어떻게 하나? 정말 아무리 봐도 그 영감이고 싶지는 않은데…….

청바지라는 것도 3500원을 사이에 두고 결정되는 뜨거운 아메리카노의 가격과 비슷한 것이리라. 돌아보면 그런 것들은 한두 개가 아니다. 백화점에 가면 캐주얼 매장과 남성복 매장의 차이점에 대해서 명상한다. 도대체 왜 이딴 걸 나눠 놓은 것이지? 공공연하게 차별은 존재한다. 하지만 죽기 전에 단 한 번만이라도 청바지를 입으려는 저 눈물겨운 노력이 바위를 뚫는 물방울 같은 것이 되리라. 결국에는 높은 가격으로도 한 잔의 커피로 지루한 오후를 달래려는 40대 이상의 물결을 차단할 수는 없으리라.(영감에게 너무 심하게 감정이 입했나?)

어쨌든 시간만 지나면 누구나 늘어나는 나이가 아니라 그가 한 행동들로 그 사람을 구별짓는 사회에서 살고 싶다. 남들보다 몇 년 더 살았다는 게 대단한 일은 아니지 않은가? 그렇다면 그건 부끄러운 일도 아니다. 샌프란시스코에서 나는 헤드폰을 끼고 배낭을 맨 채 롤러블레이드를 타고 가던 노인을 본 일이 있었다. 잘 타더라. 리스본에서는 젊은 연인들 옆에 혼자 앉아서 우아하게 에스프레소를 마시는 백발의 할머니도 봤다. 오래 산 사람과 그보다 덜 산 사람이 서로 뒤엉켜 살아가되 오래 산 사람은 덜 산 사람처럼 호기심이 많고, 덜 산 사람은 오래 산 사람처럼 사려 깊은 사람이 됐으면 좋겠다. 음, 그렇다면 나는 더욱더 아저씨들을 피해 젊은 여자들이 있는 곳으로 다녀야만 한다는 것인데, 이게 말이 되나, 안 되나. 말이 되든 안 되든, 아무튼.

바바리맨이 아니라
마라톤맨

 나뭇잎이 떨어지고 서리가 내리기 시작하면, 다른 운동과
마찬가지로 야외 달리기 역시 스토브 시즌에 들어간다. 혹한
기에 매일 야외를 달린다는 건 여간 힘든 게 아니다. 눈이라
도 내린다면 상황은 더욱 끔찍해진다. 눈을 밟다가 미끄러질
수도 있고, 운동화로 차가운 물이 스며들 수도 있다. 눈이 쌓
이지 않는다고 해도 문제는 남는다. 한파라도 찾아오면 도무
지 어떻게 차려입고 나가야 할지 판단이 잘 서지 않기 때문
이다. 여름에야 반팔에 반바지면 충분했지만, 겨울에는 몇
겹씩 껴입어야만 한다. 그나마 상의는 좀 나은 편인데, 하의
는 입을 만한 옷이 거의 없다. 나는 바짓단이 서로 끌리는 소
리에 예민하다. 그렇다면 면 재질의 체육복을 입으면 될 텐

데, 그게 또 축 처진 모양이 마음에 들지 않는다. 여기까지 말하면 다들 타이즈 이야기를 꺼낼 것이다. 맞다. 오늘은 그 타이즈에 대해서 말하려고 한다.

내가 타이즈라는 옷이 있다는 걸 처음으로 안 건 마라톤대회에 참가하면서부터였다. 마라톤대회에 참가하면 대개 러닝복이나 가방을 기념품으로 준다. 기능성 천으로 만든 러닝복 상의들은 지금까지도 요긴하게 잘 입고 있다. 가방은 반반이었다. 괜찮은 가방도 있었고, 돈이 아깝다는 느낌의 가방도 있었다. 하의는 잘 모르겠다. 기념품으로 받은 하의를 입은 건 딱 한 번뿐이다. 그게 바로 타이즈였다. 어느 대회였는지 기억나지 않지만, 받고 보니 옆면에 마라톤맨이라고 하얀색으로 글자를 인쇄한 검정색 타이즈였다. 타이멕스의 시계 중에도 그런 식으로 아이언맨이라는 글자가 새겨진 시계가 있다. 사람이 좀 단순하다 보니까 그런 옷을 입고 그런 시계를 차면 마라톤맨도 되고, 아이언맨도 된 것 같다. 이건 뭐 설악산에 가면 꼭 '설악산 국립공원'이라는 간판 아래서 기념사진 찍는 사람이나 마찬가지다.

그래서 그 타이즈를 입고 달리기를 했다. 내 나이 서른하고도 한 살이었을 때였다. 한 10분쯤 달렸을까, 지나가는 모든 사람들이 내 하체만 바라보는 듯한, 이상한 기운이 느껴졌다. 실제로 그 사람들이 내 하체를 골똘히 바라봤는지 아니었는지는 아무런 상관이 없었다. 보든 안 보든 내게는 그 사람들이 모두 골똘히 내 하체를 바라보는 느낌이 너무나 생생했으니까. 아, 왜 타이즈의 옆에다 마라톤맨이라는 글자를 새겨 놓았는지 이해할 것 같았다. 그건 마라톤에 미친 사람들만 입으라는 뜻이었다. 맨정신으로는 절대로 입고 다닐 수 없었다. 아직도 나는 그때 그 타이즈를 가지고 있는데, 서랍에서 그걸 볼 때마다 아찔하기만 하다. 그건 어떤 기능적인 박음질도 돼 있지 않은, 마치 내 피부인 양 몸에 쫙 달라붙는, 말하자면 검은색 내복이었던 것이다. 어쩌자고 그런 옷을 입고 거리를 질주했더란 말인가? 그게 타이즈와 관련한 내 최초의 추억이었다. 그때만 해도 그 추억은 내 마지막 추억이 될 것 같았다.

그로부터 10년이 지났다. 그 10년 동안, 나는 타이즈를 입고 다니는 수많은 아저씨들을 봤다. 자전거를 타고 다니는 아저씨들도 있었고, 달리기를 하는 아저씨들도 있었다. 발목까지 내려가는 타이즈도 있었고, 허벅지만 가리는 타이즈도 있었다. '눈여겨봐야지, 아, 타이즈를 입었구나', 그런 생각이 들 뿐, 입었을 때 내가 느꼈던 것처럼 타이즈가 내 시선을 확 잡아끌지는 않았다. 하지만 이상한 일이지, 그 사이에도 겨울에 몇 번 그 타이즈를 꺼내서 입은 적이 있었는데, 도대체 다리를 집어넣기만 하면 나는 꼭 하체만 존재하는 사람처럼 느껴졌다. 해서 결국 타이즈를 입는 것은 포기했다. 그러니까 이번(2009년) 겨울이 찾아오기 전까지는 말이다. 겨울이 본격적으로 시작되기 전에 나는 겨울용 하의를 사려고 스포츠 매장에 갔다. 거기 갔더니 타이즈가 있어서 들춰 보는데, 옆에 있던 주인이 내게 "그건 몸에 쫙 달라붙는다는 거 아시죠?"라고 주의를 주는 것이었다. 꼭 커피전문점에서 에스프레소를 주문했다가 "에스프레소는 커피 원액인 거 아시죠?"라는 설명을 듣는 기분이었다. 나는 사람을 뭘로 보느냐는 듯이 한 번 입어 봐도 되겠느냐고 말했다. 물론 입지 못할 일은 없었다.

박음질이 정교하게 돼 있긴 했지만, 타이즈는 타이즈였다. 10년 전과 다를 바가 하나도 없었다. 그럼에도 나는 그날 그 타이즈를 구입했다. 무시당한 김에 오기가 발동해서? 아니, 그게 아니라 타이즈를 입고 매장으로 나가 거울을 보는데도 이제는 하체만 있는 느낌이 전혀 들지 않았던 것이다. 그동안 달리기를 열심히 해서 몸매가 잡혔기 때문인가? 나는 놀라지 않을 수 없었다. 해서 그 타이즈를 샀다. 그 며칠 동안 10년 전과 무엇이 달라졌는지, 그건 내 화두가 됐다. 타이즈를 입고 나가서 달리면서도 나는 그 화두를 풀려고 노력했다. 그러다 어느 날 오후, 여느 때와 마찬가지로 달리기를 하려고 엘리베이터를 타고 내려가다가 그 이유를 마침내 알아냈다. 내려가던 엘리베이터가 7층에서 멈췄다. 문이 열리자, 한 여자가 서 있었는데, 그녀는 엘리베이터에 올라타려고 하다가 나를 보고는 흠칫 놀라는 것이었다. 마치 바바리맨이라도 봤다는 듯이. 아아아, 그래서 알았다. 10년 전과 달라진 게 있다면 내가 뻔뻔한 아저씨가 됐다는 것을. 어쨌든 타이즈는 샀고, 달리기는 해야만 하니 뭐, 좀 가리는 게 있으면 좋겠는데, 그래서인지 어째서인지 겨울은 밤이 길다. 다행이다.

여름 내내 달렸으니
맥주는 얼마든지

한동안 게으름을 피우다가 다시 달리기를 시작할 때, 내가 주로 쓴 방법은 한 달 동안 매일 10킬로미터를 달리는 일이었다. 오랫동안 쉬면 달리기에 적응하는 게 참 힘들다. 처음 일주일은 다리에 알이 배고 누우면 바로 잠들 정도다. 나는 주로 오후 6시 무렵에 달리는데 그 시간 이후는 정상적인 생활이 불가능할 정도로 피곤하다. 한 일주일 정도 그렇다는 걸 경험으로 알고 있다. 그리고 2주째가 되면 슬슬 몸이 달리기에 적응하기 시작한다. 이제부터는 달리기를 거르지 않는 일만 남았다. 그런 식으로 이번 여름(2009년)에도 하루에 10킬로미터를 달리는 것으로 다시 달리기를 시작했다. 보름쯤 달리니 1킬로미터당 평균 페이스가 30초 정도 앞당겨져

5분 30초. 한 달을 달리니 다시 30초 앞당겨졌다. 해서 1킬 로미터당 페이스는 5분.

여기서 돌발퀴즈. 그럼 다시 보름이 지난 뒤의 결과는?

이 질문의 해답은 다음과 같다. 아침에 일어나 오른발을 바닥으로 내딛는데, 발바닥이 갈라지는 듯한 통증이 느껴졌 다. 맥없이 쓰러지는 수밖에. 누워서 생각했다. '이게 뭐지?' 네이버에 물어봤더니 족저근막염이란다. 거기에는 "족저근 막은 종골이라 불리는 발뒤꿈치뼈에서 시작하여 발바닥 앞 쪽으로 5개의 가지를 내어 발가락 기저 부위에 붙은 두껍고 강한 섬유띠를……" 운운하는 설명이 나와 있었다. 그런 건 내가 잘 모르겠고, 쭉 읽다 보니까 "즉 평소 운동을 하지 않 던 사람이 갑자기 많은 양의 운동을 하거나, 장거리의 마라 톤 또는 조깅을 한 경우, 과체중, 하이힐의 착용 등……"이 라는 원인 설명이 있었다. 난 과체중도 아니고 하이힐도 신 지 않으니, 이건 평소 운동을 하지 않던 사람이 마라톤이나 조깅을 한 경우에 해당할 텐데…….

하지만 지난 10년간 나는 늘 이런 방법으로 다시 달리기를 시작했단 말이다! 그런데 도대체 왜 갑자기 나를 달리기 초 짜처럼 취급하느냔 말이다! 그건 아마도 내 나이가 이제 마

흔을 넘겼기 때문이 아닐까? 어디선가 환청처럼 그런 소리
가 들렸다. '만약 그게 사실이라면, 내 발이 이제 늙어서 무
리한 운동에는 탈이 난다면, 이러다가는, 아, 어쩌면, 그러니
까 잘못하면 남은 인생 달리기를 하지 못하게 될 수도 있구
나.' 아침에 방바닥에 누워서 혼자 하는 생각치고는 무시무
시했다. 그래서 나는 인터넷을 샅샅이 뒤졌다. 내게 꼭 필요
한 자료를 찾기 위해서. 족저근막염은 원인을 제거하면 6개
월 정도의 시간을 거쳐 서서히 낫는다는 둥, 프로선수들에
게 빈번한 질병이라는 둥, 통증이 오래 유지되면 외과적 수
술을 받을 수도 있다는 둥, 뭐 그런 저런 정보들을 지나 마
침내 내가 도달한 것은 아픈 발바닥에도 불구하고 계속 달
렸더니 1년 뒤에 족저근막염이 안드로메다 저편으로 날아
갔다고 주장하는 어떤 사람의 글이었다. 따져 볼 겨를도 없
이 나는 그 사람 말을 믿기로 했다.

대신에 이젠 무모한 달리기를 하는 건 포기하고 계획을 세
워서 달리기로 했다. 예전에는 달리기 계획을 세우는 일 자체
가 번거로웠다. 달리기 계획은 천천히 달리기, 완급 조절하면
서 달리기, 오래달리기, 언덕 달리기, 다른 유산소운동하기,
휴식하기 등으로 이뤄져 있다. 보통 달리기 입문서를 보면 단

계별로 어느 정도 빈도와 강도로 이 달리기를 반복하면 되는
지 표가 나와 있다. 대개 8주나 12주 일정의 시간표다. 하지
만 요즘에는 GPS 기능이 달린 스마트폰이 있어 달리기 계
획을 짜는 데는 너무나 편리하다. 내가 사용한 앱은 런 코치
Run Coach라는 것이었다.(또다른 두 개의 필수 앱은 런 키
퍼Run Keeper와 마이코치miCoach다.)

'런 코치'의 8주 일정은 다음과 같다. 1주차. 월요일에는
다른 유산소운동 1시간, 화요일에는 천천히 달리기 25분, 수
요일에는 다른 유산소운동 1시간, 목요일에는 천천히 달리
기 30분, 금요일에는 휴식, 토요일에는 천천히 달리기 30분,
일요일에는 오래달리기 45분. 그나마 이 일정은 일주일에 몇
번 달릴 것이냐고 묻는 앱의 물음에 "당연히 일주일이면 7일
전부!"라고 대답한 내 무모한 답변의 결과로 나온 빡빡한 일
정이었다. 금요일에 쉬겠다고 나는 부탁한 적도 없는데, 앱
이 알아서 휴식시킬 정도로 내가 원하는 일정은 말도 안 되는
것이었다. 하지만 하루에 10킬로미터씩 한 달 동안 250킬로
미터를 달렸기 때문에 이런 일정은 식은 죽 먹기처럼 느껴졌
다. 뛰면서 '이건 재활훈련인 거야. 족저근막염만 사라지면
다시 콧김을 씩씩거리며 하루에 10킬로미터씩 달릴 테다',

뭐 그런 생각을 했다.

예전보다는 강도가 훨씬 덜해졌지만, 여전히 좀 오래 달리고 나면 발바닥이 아프다. 해서 두 달째 나는 설렁설렁 뛰는 일을 계속하고 있다. 그런데 이렇게 설렁설렁 뛰다 보니까 예전에는 몰랐던 사실을 하나 알게 됐다. 예전에 달리기를 할 때, 나는 그게 몸을 만드는 일이라고 생각했다. 피트니스Fitness라는 말 그대로 몸을 가장 건강한 체형으로 만드는 일. 나 같은 경우에는 한 달만 달리면 배는 들어가고 허릿살은 없어져 예전에 입던 바지들을 죄다 못 입는다. 몸무게는 1킬로그램 정도 줄어드는데, 외형은 5킬로그램 이상 빠진 사람처럼 보인다. 젊었을 때는 달리기란 이렇게 몸을 만드는 운동이라고 생각했다. 매 킬로미터 랩타임을 측정하고, 페이스를 조절하고, 최고 기록을 시계에 저장하고 다닐 때의 일이었다.

그런데 이번에 어쩔 수 없이 설렁설렁 놀면서 뛰면서 하다가 보니 달리기란 그보다 더 심오한 운동이라는 걸 알게 됐다. 지난 두 달 동안 내가 한 일이라고는 뭐가 있겠는가? 그저 매일 30분에서 50분 정도 달렸고, 그나마 사이사이에 자전거를 1시간씩 탔으며, 그것도 힘들까 봐 앱의 일정에 따라 일주일에 한 번씩 쉬었다. 그랬을 뿐인데, 예전에 매일 10킬로미터를 달릴 때보다 만족감이 훨씬 높았다. 도대체 어떤 차이가 있는 것일까? 왜 목표를 정해 놓고 달릴 때보다 설렁설렁 달리는 게 내 마음에 더 좋았을까? 그게 궁금했다.

그렇게 해서 나는 달리기는 몸을 만드는 운동이 아니라 마음을 만드는 운동이라는 걸 서서히 깨닫게 됐다고나 할까? 별다른 목표 없이 두 달 동안 설렁설렁 뛰고 나니 마음은 내가 한 일들에 집중하는 연습을 했다. 그 전까지 달릴 때 내 마음은 내가 하지 못한 일들에 집중했었다. 예컨대 나는 한 달에는 최소한 200킬로미터는 달려야만 한다고 생각했다. 그러니 나는 늘 200킬로미터만 생각했다. 그런데 지금은 매일 운동하며 이 여름을 지나왔다는 사실을 생각한다. 그건 정말 멋진 일이다. 맥주를 마실 때도 그 생각을 한다. 아무리 거품을 삼켜도 배는 나오지 않으리라. 나는 여름 내내 달렸으니까. 이건 좀 멋지다.

마흔이 넘어서도 나는 여전히 깨닫는다. 30대에는 내 한계가 어디까지인지 알고 싶어서 달렸다. 그런데 이제는 나 자신과 내 삶과 내가 한 일들을 충분히 즐길 수 있을 때까지 달린다. 그 사이에 족저근막염이라는 게 있다. 그러므로 내

게 족저근막염이란 몸의 운동에서 마음의 운동으로 달리기
를 재정립하게 만드는 발바닥의 특수한 상태라고나 할까. 왜
달리느냐에 대한 대답은 여러 가지가 있겠지만, 나는 이런
인생에 대한 창의적인 재해석을 가능하게 만드는 심리 상태
에 이르게 하는 사색적이고 긍정적인 운동이기 때문이라고
답하고 싶다.

한 번 더 읽기를 바라며 쓰는 글

　이제 이 글을 다시 읽어 보면 내가 하는 말이 무슨 뜻인지 알게 되리라. 그게 지금 우리가 할 일이다. 그렇다면 뭘 생각하고, 뭘 할까? 그건 정말이지, 내 자원을 모두 쏟을 가치도 없는 것일 확률이 높다. 그리고 이제 100살의 눈으로 그 고통을, 고독을, 절망을 노려보자. 해서 지금 내가 여기 이곳에 떨어졌다고. 오래도 살았다고 생각하는 순간, 도라에몽이 나타나서 지금의 나이로 되돌려 주겠다고 말했다고 치자. 고통과 고독과 절망 때문에 죽는 게 아니라 살 만큼 살아서 우여곡절 끝에 100살로 죽는다. 그렇다면 지금 죽는다고 생각하자. 고통은, 고독은, 절망은 바로 여기에 있는데, 여기에서 내 자원을 100퍼센트 점유하고 있는데. 지금 내가 더 많이

해야 할 일은 무엇이고, 가능한 한 하지 말아야 하는 일은 무엇인가? 그런데 문제는 지금이다.

그래서 어른들의 잔소리는 끊이지 않는 셈이다. 금방 답이 나온다. 중학교 시절로 돌아간다면 더 많이 할 일들과 가능한 한 하지 않아야 하는 일들. 한 번도 해 보지 않았다면 노트에 적어도 좋겠다. 과거로 돌아가서 한 번 더 살 수 있다면, 우린 무엇을 하고 무엇을 하지 않을까? 그렇다면 인생 역시 마찬가지가 아닐까? 이야기는 정말이지 근사하게 바뀐다. 이야기에 필요한 것들은 더욱 풍부해진다. 두 번째로 소설을 쓰게 되면 군더더기가 거의 사라진다. "다 쓰고 난 뒤에 한 번 더 쓰면 잘 쓸 수 있어요." 어떻게 하면 소설을 잘 쓸 수 있느냐고 묻는 질문에 대한 나의 대답 역시 같은 맥락에 있다.

그러니 다시 그 시절로 돌아간다면, 나는 그따위 글을 일기장에 쓰는 대신에 뭔가 다른 재미난 일을 할 게 분명하다.(군인들은 이 말을 무조건 믿어라! 진짜다!) 하지만 지금 생각하면, 웬걸, 그 18개월은 눈깜빡할 사이에 흘러간 것 같다. 그런 생각을 한 까닭은 방위병으로 복무해야만 하는 18개월이 너무나 길게 느껴졌기 때문이다. 그렇게 일기장에 쓰고 있으니 인생이 밝아질 리가 없는 것이다. 군 복무를 하던 시절에 나는 일기장에다가 "나는 지금 내 인생의 가장 어두운 부분을 지나고 있다"고 쓴 적이 있다. 그렇다면 인생도 마찬가지가 아닐까?

두 번째로 달린다면 아마도 고통보다는 다른 것들을 더 많이 생각하고 관찰하고 경험할 것이다. 그걸 아는 순간, 우리는 더 이상 고통에게 끌려가지 않는다. 그러나 한 번 더 달리면 그 정도로 집중해야만 하는 고통은 많지 않다는 걸, 사실 고통이란 내가 얼마나 많이 달렸는가를 알려 주는 신호에 불과하다는 걸 알게 된다. 고통은 우리의 자원을 완전히 점유하고서는 모든 게 소진될 때까지 빨아들인다. 고통이 생기면 멀티태스킹이 불가능해진다.

달리기의 고통이란 앞면은 거울이고 뒷면은 유리로 된 이중창 같은 것이라 지나고 나면 흔적도 없이 사라진다. 달릴 때는 정말이지 죽을 것 같았는데, 달리고 나면 그걸 기억하지 못한다. 매번 그렇다. 그럴 때면 늘 고통의 순간은 전혀 기억나지 않아서 놀란다. 마찬가지로 마라톤대회에 참가해 결승점에 들어가서 어떻게 달렸는지 생각해 볼 때가 있다. 그냥 이 글을 쭉 읽으면 되니 따로 준비할 필요는 없겠다.

뭐, 그렇게 된 것인데, 여러분들에게도 오늘 글을 거꾸로 읽는 경험을 하게 해 드리겠다.

그렇다면 해 봤으니 이제 그만하자. 한 번도 해 보지 않은 일이라서. 혼자 자문한다. 왜 이런 짓을 하는 거지? 그러다가 아주 무념무상에 든다. 처음에는 골이 아프지만, 나중에는 아무 생각없이 그냥 문장을 따라가게 된다. 이거 의외로 재미있다. 한 번도 읽지 않은 책을 골라서 맨 뒷부분부터 거꾸로 읽었다. 한 번도 안 해 본 일이 뭐가 있을까, 궁리하다가 소설을 거꾸로 읽어 보자고 생각한 것이다. 나도 한때 비슷한 일을 해 본 적이 있었다.

홍상수의 영화를 볼 때 느끼는 거북함은 바로 그런 일에서 나오니까. 간밤의 술자리를 거꾸로 되돌려 보는 것. 간단한 아이디어지만, 그 뜻은 참으로 깊어 보였다. 눈 내린 날, 밤새 술을 마신 사람들이 집으로 돌아가는 새벽의 풍경을 찍은 필름을 그대로 뒤로 돌려서 만든 예고편이었다. 최근에 홍상수 감독의 영화 '북촌 방향'의 예고편을 봤다. 이 글은 마지막 문장부터 한 문장씩 다시 거꾸로 읽어야만 뜻이 통한다는 걸 먼저 말해야겠다.

3장

......

인생을 선용하는 기술

어른들이 나중에 얼마든지 할 수 있다고
말하는 일 위주로 생활하면 인생에서 후회할
일은 별로 없다. 늙을수록 시간은 점점 줄어들기
때문에 얼마든지 할 수 있는 일이라면
가능한 한 빨리 해야만 한다.

로자는 지금
노란 까치밥나무 아래에

어쨌든 겨울에는 달리기를 하는 게 꽤 어렵다. 겨울에는 아주 미미한 바람이라고 해도 다 느껴진다. 세상보다 우리 몸의 온도가 더 높기 때문이다. 바람이 없는 날이라고 하더라도 달리게 되면 바람을 느낄 수 있다. 겨울의 바람은 나를 최대한 뒤쪽으로 밀어낸다. 겨울에 운동화 끈을 묶고 아직 동이 트지 않은 길로 나서는 건 온몸을 얼어 붙게 만드는 그 바람이 시원하다고 느껴질 때까지 굴하지 않고 몸을 뜨겁게 만드는 일이다. 그래서 겨울의 달리기는 살아 있다면 마땅히 해야만 하는 일처럼 느껴진다.

하지만 그게 눈이든 비든 진눈깨비든, 하늘에서 뭔가 떨어진다면 얘기가 달라진다. 그건 다음 날 새벽에는 기필코 길이 얼어 붙는다는 것을 말하니까. 하늘에서 뭔가 떨어진 뒤에도 달리고 싶다면, 길 위의 물과 얼음과 눈을 읽는 법을 배워야만 한다. 한 걸음 한 걸음 내디딜 때마다 혹시 미끄러지지 않을까 걱정해야만 한다. 남들이 밟지 않은 눈이라면 밟을 만하다. 물과 얼음의 중간 상태라면 되도록 피하는 게 좋다. 물만 있다면, 살짝 얼어 붙은 부분이 있을 수 있다는 사실을 예감해야만 한다.

언뜻 생각하기에 머리가 이 모든 걸 계산할 것 같지만, 실제로 달려 보면 끊임없이 길을 읽는 건 종아리에서 발바닥에 이르는 부위다. 그래서 겨울에 달리기를 하면 여름보다 다리와 발이 더 피곤하다. 그러니 사소한 바람마저도 모두 느낄 수 있는 허술한 몸에 한 걸음 한 걸음 나아갈 때마다 길의 마찰력을 계산해야만 하는 다리로 달리기를 한다는 건 여간 힘든 일이 아니다. 그래서 가능하면 눈 같은 게 내리지 않기를 자연스레 원하게 된다.

그런데 올해(2007년)는 그 뭔가가 너무나 빨리 내렸다. 그건 어느 지역에서는 눈이었고, 어느 지역에서는 비였고, 그 중간 지역에서는 눈과 비 사이의 어떤 것이었다. 사람들이 많이 다닌 곳에는 눈이 쌓이지 않고 다 녹았지만, 그늘지거나 사람들이 잘 다니지 않는 곳에는 눈이 쌓였다. 차라리 소복하게 쌓인 눈이라면 그냥 성큼성큼 밟고 지나갈 수 있겠는데, 이건 제일 좋지 않은 상황, 그러니까 한 걸음 내딛는 일 자체가 상당히 힘든 상황이었다. 드디어 고난의 시절이 시작된 것이다.

눈이라는 말을 들었을 때, 내리는 눈이 아니라 쌓인 눈을 생각하기 시작하면서부터 우리는 어른이 되는 듯하다. 내리는 눈이 아름다운 줄은 잘 알고 있다. 하지만 그게 쌓이고 났을 때, 일어나는 일도 잘 알고 있다. 눈이 내린다고 마냥 좋아할 수 없는 이유가 여기에 있다. 이런 게 바로 어른들의 사고방식이다. 열흘 붉은 꽃 없다는 생각. 그래서 우리는 매달 보험료를 지불하고, 아이들을 더 많은 학원에 보내고, 여윳돈이 생기면 부동산을 구입하는 것이다. 앞으로 찾아올 힘든 시절을 좀 덜 힘들게 살기 위해서 지금의 행복을 보험금으로 지불한다. 굴곡 있는 인생보다 평탄한 인생을 더 선호하기 때문이다.

그래서 나도 눈이 내리는 걸 보면서 "이렇게 눈이 내리면 달리기를 할 수 없잖아"라고 투덜댔다. 투덜대는 내 옆에서 딸아이가 껑충껑충 방 안을 뛰어다니면서 소리쳤다.

"오늘은 행운의 날이야."

"왜?"

"눈이 오잖아!"

눈이 내리면 그날이 행운의 날이 되는 건가? 언제 그런 법이 생겼나? 그럼 눈이 내리지 않는 날은 불행의 날인가? 그런 한심한 생각들이 순식간에 머릿속을 스쳐 가는가 싶더니 세상이 다르게 보였다. '맞아, 오늘은 행운의 날이야. 눈이 오니까. 다음 날 생각은 그만두고 이 행운이나 만끽하자.' 달리기를 할 수 있다면, 그것도 행운의 날이고, 눈이 내린다면 그것도 행운의 날이고, 하루 종일 누워서 잠만 잘 수 있다면 그것도 행운의 날이다.

달리기에서 스트레스란 실제적인 것이다. 숨이 차서 금방이라도 죽을 것 같다든가, 무릎이 아파서 달릴 수 없다든가, 힘이 다 빠져 당장이라도 바닥에 쓰러지고 싶을 때 스트레스가 생긴다. 그 스트레스는 당장 달리기를 멈추거나, 오랜 기간에 걸쳐서 연습을 하면 사라진다. 실제적인 것이니까 나타나기도 하고 사라지기도 한다. 하지만 내일 아침에 일어나 달릴 일을 생각해서 벌써부터 골치가 아프게 될 때 받는 스트레스는 원래 없는 스트레스다. 그래서 그런 스트레스는 결코 없앨 수도 없다. 원래 없는 걸 어떻게 없애나?

생각만 고쳐먹으면 그런 스트레스는 흔적도 없이 사라진다. 여기 독일의 혁명가였던 로자 룩셈부르크가 1917년 언니에게 쓴 편지가 있다.

"내가 지금 어디서 이 편지를 쓰고 있는지 알아? 정원에 작은 식탁을 갖다 놓고 푸른 숲 속에 앉아 있어. 오른쪽에는 정향 냄새를 풍기는 노란 까치밥나무, 왼쪽에는 쥐똥나무 덤불, 앞쪽엔 진지하고 피곤에 지친 키 큰 은백양이 천천히 하얀 잎을 흔들고 있어. 얼마나 아름답고 얼마나 행복한지. 벌써 성요한절 분위기가 느껴지네. 울창한 여름과 생명의 도취가 느껴져."

이 편지를 쓸 때, 로자 룩셈부르크는 수감 생활 2년째에 접어들고 있었다. 그녀에게 감옥의 참담한 환경, 권태, 사랑하는 사람들과 함께할 수 없다는 고립감, 협소한 공간, 갇힌 처지, 열악한 식사 같은 건 문제가 되지 못했다. 뒤이어 그녀는 "난 늘 기쁨의 도취 속에서 살고 있어, 특별한 이유도 없는데 말이야"라고 썼다.

행복과 기쁨은 이 순간 그것을 원하는 사람에게 특별한 이유도 없이 즉각적으로 찾아오는 것이다. 우리를 기다리는 행복과 기쁨이란 건 세상 어디에도 없다. 겨울에 눈이 내린다면, 그날은 행운의 날이다. 내일의 달리기 따위는 잊어버리고 떨어지는 눈이나 실컷 맞도록 하자.

이것이 지금
네가 읽고 싶은 책이냐?

어렸을 때, 누나가 듣던 팝송 중에 '페드라'라는 게 있었다. 노래라기보다는 말 그대로 사운드트랙, 즉 영화의 마지막 장면을 그대로 녹음한 것인데, 장중한 오르간 음악을 배경으로 한 남자가 미친 듯이 절규한다. 물론 그 남자가 무슨 이유로, 또 무슨 말을 그렇게 요란하게 외치는지는 나도 알 수 없었다. 다만 마지막 순간에 이 남자가 "페드라!"라고 말하고 난 뒤에 자동차 브레이크 소리와 함께 뭔가 끝장나는 느낌이 들었으므로 나도 모르게 '아, 이것은 비극적인 사랑의 이야기겠구나'라고 생각했다. 지금도 나는 일이 내 맘대로 안 되면, 소리를 지르며 벽 같은 곳에 부딪히고 싶은 충동을 느끼는데, 어려서 그 음악을 너무 많이 들었기 때문인지도 모르겠다.

이 영화가 한국에서는 '죽어도 좋아'라는 제목으로 상영됐다는 사실은 나중에야 들었다. 마지막 순간의 그 끔찍한 비명을 생각하면 페드라에 대한 사랑 때문에 그 남자가 소리지른 것만은 아닌 듯하고, 그래서 진짜 그 남자가 죽어도 좋다고 생각한 것도 아닌 것 같긴 하지만, 뭐 그렇다니 그렇다고 치자. 사운드트랙 앨범에는 이 노래의 제목이 'Goodbye John Sebastian'으로 돼 있는 모양이다. 이 존 세바스티안은 바흐를 뜻한다. 왜냐하면 마지막 순간까지 동행이 되어주는 그 오르간 음악이 바로 바흐의 'Toccata & Fugue In D Minor, BWV565'니까. 내가 대학에 다닐 때까지만 해도 미대생 친구의 작업실에 가면 이런 노래 틀어 놓고 비장한 표정으로 맥주를 마시는 사람들이 있었는데, 요즘은 어떨까 모르겠다.

이 영화가 왜 한국에서는 죽어도 좋은 영화가 됐느냐면 뜻대로 안 되는 일을 다루기 때문이다. 그러니까 이뤄질 수 없는 사랑이다. 영화 속에서 절규하는 청년 알렉시스는 계모인 페드라를 사랑한다. 아버지의 아내를 사랑하니 이건 완전히 콩가루 집안이 아닐 수 없다. 하지만 예술에 대해 얘기할 때는 이렇게 말하면 좀 곤란하겠다. 영화 속에서 청년 알렉시스는 한계를 사랑한다. 이게 좀 낫겠다. 그러니까 사회에서 이 청년에게 한계를 정해줬더니 거기서 사랑이 시작된다는 뜻이다. 아마도 옆동네 처녀를 사랑했으면 죽어도 안 좋았을 것이다. 오래오래 살고 싶어서 홍삼 같은 거 장복하리라. 하지만 아버지의 아내를 사랑하면 얘기가 달라진다. 아무도 안 가 본 데를 한 번 넘어가 본 것이다. 그러니 원도 한도 없고, 죽어도 좋은 것이다. 물론 아버지 쪽에서 보자면 죽여도 시원찮겠지만.

어쨌거나, 여기서부터 이야기가 좀 달라지는데, 요즘 나도 이 한계를 사랑하는 일에 관심을 가지기 시작했다. 죽어도 좋으려고 그러는 게 아니라, 한 번 살더라도 제대로 살아 보기 위해서랄까. 예를 들어 주머니에 3만 원만 넣은 채 서점에 가 보자. 그리고 서점에서 정말 읽고 싶은 책을 구입해 보라. 기준점은 1만 5천 원이다. 예를 들어 〈긴 여름의 끝〉과 〈가능세계의 철학〉은 둘 다 1만 8천 원이니 이 두 권 중에서는 하나만 고를 수밖에 없다. 2만 5천 원짜리 〈자연법과 인간의 존엄성〉을 산다면, 다른 한 권을 사기가 좀 힘들어진다. 5천 원으로는 시사 주간지나 하나 살 수 있을까? 상한이 정해져 있으면 어떤 식으로든 계속 질문을 던질 수밖에 없다.

다른 방법은 없을까? 이게 최선일까? 나는 정말 이걸 원하나?

인터넷서점이라는 걸 발견한 지난 10여 년 동안, 나는 질문이 존재하지 않는 구매, 말하자면 묻지마 구매를 했다. 졸부마냥 손에 잡히는 대로 장바구니에 쓸어 담았다고나 할까? 심지어는 샀던 책을 또 사는 짓도 했다. 이제는 내가 무슨 책을 왜 샀는지조차 기억나지 않는다. 그저 구매만 있었다. 거기에 물론 상한이 없는 건 아니지만, 그 상한은 더 이상 구매하면 통장 잔액이 부족하리라는 경고음을 내는 상한이지, 내게 질문을 유도하는 상한은 아니었다. 그리고 질문이 없으면 그 인생에서 영혼은 입을 다문다. 질문에도 종류는 다양하다. "밥 먹었니?" 이런 질문에는 몸이 대답하겠고, "그 영화 재미있었냐?" 이런 질문은 뇌의 담당일 것이다. 그러면 하품만 하고 있던 영혼이 대답할 만한 질문은 뭘까? 아마도 "이것이 내가 선택한 삶이냐?" 그런 질문이 아닐까?

"이것이 지금 네가 읽고 싶은 책이냐?" 그런 질문에 답할 수 있다면, 영혼은 깨어 있는 셈이다. "이것이 지금 네가 쓰고 싶은 글이냐?" 이건 나 자신에게 던지는 질문인데 좀 생각해 봐야겠다. "이것이 지금 네가 사랑하고 싶은 사람이냐?" 이건 영혼이 대답하지 않아도 될 것 같지만. 어쨌든 질문만이, 오직 근본적인 질문만이 영혼을 깨울 수 있을 뿐이다. 그리고 근본적인 질문은 우리에게 한계가 존재할 때만 가능하다. 자신이 곧 죽는다는 사실을 알면 누구나 근본적인 질문을 던지고 영혼이 깃든 대답을 하듯이 말이다. 그 반대의 세계는 무제한을 장려하는 사회다. 무한한 소비, 무한한 정보, 무한한 인맥……. 무한이란 아마도 죽고 난 뒤의 세계일지도 모르겠다. 그렇다면 무한한 소비와 정보와 인맥에 둘러싸인 사람이란 아무리 뭐라고 물어도 대답이 없는 사람, 그러니까 지금 죽은 사람이라고 말해도 되지 않을까?

혼자에겐 기억,
둘에겐 추억

나로서는 정말 뜻밖의 일이랄 수 있는데, 요즘 들어서 다른 사람들과 보내는 시간이 점점 더 좋아지고 있다. 옛날에는 그렇지 않았다. 20대만 해도 세상에 둘도 없는 염세주의자인 것처럼 잔뜩 인상을 쓰고 다녔다. 그때는 인간은 모두 위대한 혼자이니 다른 사람에게 위로를 구할 생각일랑 아예 하지 말아야만 한다고 생각했다. 일단 나부터가 다른 사람에게 위로를 구할 마음을 먹지 않을 테니 남들도 내게 위로를 요구하지 말라고 사전에 먼저 질러 보는 심사였을지도 모른다.

언젠가부터 혼자 책상에 앉아 뭔가를 긁적이게 된 까닭도 그 때문이리라. 힘든 하루를 보내고 집에 돌아와 뭔가 긁적인다고 해서 달라질 것은 하나도 없다. 소설가가 되기 전에 나는 날마다 뭔가를 긁적이는 사람이었지만, 그렇게 날마다 조금씩 썼기 때문에 결과적으로 소설가가 됐다고는 생각하지 않는다. 그럼에도 글을 쓰는 행위에는 뭔가가 숨어 있었다. 그러니까 그건 나 자신에게 말을 거는 행위였다. 아하, 사실상 나를 위로해 줄 사람은 이 세상에 나 자신뿐이라고 여기는 얼치기 염세주의자에게 글쓰기는 그런 식의 효용이 있었던 것이다.

내가 달리기 시작한 것도 그런 효용을 얻고 싶었기 때문이리라. 그 시절, 누군가와 같이 글을 쓴다는 건 어불성설이라고 믿었던 것처럼, 또 다른 사람과 함께 책을 읽는다는 건 불가능한 일이라고 생각했던 것처럼 무리를 지어 운동하는 것도 있을 수 없는 일이었다. 혼자 새벽의 공원길을 달리고 이런저런 마라톤대회에 참가하고 주위에 갑자기 달리는 사람들이 하나둘 늘어나는 동안에도 나는 동호회는커녕 가족이나 친구들과 함께 달리는 일조차 하지 않았다. 가능하면 사람들을 피해서 나는 낮 12시에 혼자서 달리곤 했다.

사람들이 내게 왜 달리느냐고 물으면, 나는 그냥 달리면 되기 때문이라고 대답했다. 사실 그렇지 않은가? 운동화만 있으면 달릴 수 있으니까. 심지어는 구두를 신고도 달릴 수 있다. 달리고 싶으면 달리고, 달리고 싶지 않으면 달리지 않으면 되는 일이었다. 왜 글을 쓰는가는 물음을 받았어도 그렇게 대답했을 것 같다. 글을 쓰기 위해서 내 쪽에서 준비해야만 할 것은 탁자와 의자와 컴퓨터, 그리고 약간의 의지만 있으면 되는 일이니까. 이렇게 말할 때, 나는 달리기든, 글쓰기든 혼자서 할 수 있는 일이라는 생각을 하고 있었던 셈이다. 다른 사람과 함께하는 건 정말 귀찮아. 그런 식으로.

얼마 전(2008년)에 〈토지〉를 쓰신 박경리 선생께서 하늘나라로 가셨다. 나와는 일면식도 없으신 분이지만, 그래야만 할 것 같아서 장례식장에 문상을 가서 한 대여섯 시간 잠자코 앉아 있었다. 장례식장 앞에는 전현직 대통령을 비롯해서 나로서는 이름만 들어 본 높은 분들이 보낸 조화가 즐비하게 늘어서 있었는데 자리를 지키고 앉은 문상객들의 숫자가 그 조화의 숫자보다 적었던 탓이다. 이따금 지루해지면, 자리에서 일어나 밖에 나갔다가 들어왔다. 들어오면서 보니까 다른 곳에는 문상객들이 북적대고 있었다. 그때 소설가란 참으로 고독한 직업이구나는 생각을 했다. 혼자 있지 않으면 글을 쓸 수 없으니 살아서도 고독하고, 그렇게 살아왔으니 사회적인 인연을 맺은 사람이 많지 않아 죽어서도 고독한 것이다.

그리고 며칠 지나, 친구와 테니스를 치기로 한 날이었다. 원래 다니는 테니스장은 코트가 무려 20개나 되는, 산속의 어마어마한 테니스 전용시설인데 하필이면 그날은 전국 주부테니스대회가 열린다고 해서 입장이 허용되지 않았다. 누군가와 테니스를 치기 위해서 약속을 잡아 보면 알겠지만, 그 약속을 잡는 일이 테니스 치는 일의 반이다. 그러므로 이렇게 만난 이상, 테니스를 치지 않고 다시 집으로 돌아가는 일은 있을 수가 없었다. 친구와 나는 서로 눈치를 보며 테니스를 칠 만한 곳이 어디 있는지 알아봤다.

여기저기 전화를 걸어 지금 당장 테니스를 칠 수 있느냐고 물어보는 친구를 바라보며 '그렇다니까'라고 혼자 생각했다. 누군가와 같이 뭔가를 하는 일은 정말 번거롭다. 혼자였다면 아마도 '아, 전국에 테니스를 치는 주부들이 그렇게 많단 말인가? 그 많은 코트를 다 차지한다니' 정도의 심정만 토로하고 다시 집으로 돌아갔을 것이다. 하지만 두 사람이 되니까 돌아갈 수는 없네, 또 다른 코트를 찾네, 그런 번거로운 짓을 하는 것이다.

어쨌든 다행히도 빈 코트가 있기 때문에 오면 바로 칠 수 있다는 테니스장을 하나 찾아냈고, 우리는 차를 몰고 거기로 갔다. 신도시 구석, 학교 옆에 있는 코트 4개짜리 테니스장이었다. 언제나와 마찬가지로 둘이서 시합을 했고, 또 언제나와 마찬가지로 내가 졌다. 내기에 졌기 때문에 내가 걸어서 10분 정도 거리에 떨어진 슈퍼마켓에 가서 물을 사 오기로 했다.

슈퍼마켓으로 가는 길은 하교하는 아이들로 가득했다. 더운 날이어서 아이스크림이나 먹으려고 냉장고 안을 들여다봤더니 뜻밖에도 보석바가 있었다. '이게 웬일이람!' 혼자 중얼거리며 보석바를 꺼냈다. 보석바를 입에 물고 다시 학교 앞으로 걸어가는데, 옛날 생각들이 많이 났다. 중학교 시절, 그 비슷한 여름날의 오후에, 운동 같은 것을 하고 난 뒤 아이스크림을 먹던 기억들 말이다.

내가 사 온 보석바를 보더니 친구도 "어, 보석바가 아직도 나오네"라며 반색했다. 사실은 초등학교 6학년 때 처음 만나서 지금까지도 심심찮게 만나는 친구였다. 둘이서 어렸을 때 먹었던 아이스크림 이야기를 한참 떠들었다. 물론 보석바를 먹던 시절의 이야기도. 그때 나는 깨달았다. 추억을 만드는 데는 최소한 두 사람이 필요하다는 것을. 혼자서 하는 일은 절대로 추억이 될 수 없다는 것을.

요즘 들어서 자꾸만 다른 사람들과 함께 보내는 시간들이 점점 더 소중해지는 까닭이 거기에 있었다. 물론 우리는 언젠가 헤어질 것이다. 영영. 누군가 우리 곁을 떠나고 난 뒤에 우리가 그 고통을 견디기 위해 기댈 곳은 오직 추억뿐이다. 추억으로 우리는 죽음과 맞설 수도 있다. 그때 그러고 보면 박경리 선생의 상가에 남아 있던 사람들은 모두 그분의 어떤 일들을 추억하는 사람들이었다. 혼자서 고독하게 뭔가를 해내는 일은 멋지지만, 다른 사람과 함께 시간을 보내는 일은 결국 우리를 위로할 것이다.

평일 오후 4시의 탁구 시합

    초등학교 4학년 때였던가, 형을 따라서 탁구장에 갔는데 꽤 근사했다. 탁구를 잘 치는 형들은 다들 왜 그렇게 껄렁껄 렁 멋있게 보이던지. 우르르 몰려와서는 한쪽에다가 산더미 처럼 가방을 던져 놓고는 내의 바람에 교복 바지만 입고 신 기에 가까운 스매싱과 스핀 실력을 선보였다. 해서 그때부 터 나도 그런 멋진 고등학생으로 자라기 위해서 열심히 탁구 를 쳤다. 돈만 생기면 탁구장을 찾아갔다. 나중에는 집에 탁 구대가 있었으면 하고 바랄 정도였다. 그렇게 열심히 쳤더니 탁구 실력이 늘었다. 그래서 초등학교 때 나랑 친했던 친구 들은 다들 탁구를 잘 쳤다. 매일 탁구장을 가니 친해지려면 탁구를 잘 치는 수밖에 없었다.

그러다 대학생이 되고 보니 이번엔 다들 당구장엘 다니는 것이었다. 거기도 가 봤더니 별천지였다. 멋지게 반짝이는 초록색과 붉은색 당구대며, 여기저기 당구공이 부딪치는 경쾌한 소리들, 게다가 큐대로 당구공을 겨눌 때 입가에 꼬나문 담배 끝에서 솟구치는 한 줄기 연기는 정말 갱 영화 속의 한 장면 같았다. 그때부터 또 열심히 당구를 쳤다. 대학 시절에 나와 친했던 친구들은 다들 당구를 잘 쳤는데, 그것도 당연한 일이었다. 매일 당구장에 가니 친해지자면 당구를 잘 칠 수밖에 없었다. 탁구도 그랬지만, 당구 역시 시합을 하는 게 가장 재미있었다. 탁구 시합은 주로 분식점에서 떡볶이 따위를 사는 것이었지만, 당구는 게임비와 술 내기였다. 당연히 매일 당구를 치면 매일 술을 마시게 된다. 당구를 친 뒤 마시는 술은 정말 맛있었다.

그런데 내가 대학에 다닐 때만 해도 운동권 문화가 있어서 당구 치는 걸 별로 안 좋게 생각하는 사람들이 꽤 많았다. 그때는 인간의 품성을 아주 중요하게 생각했는데, 부모님이 소 팔아서 보낸 등록금과 생활비를 그따위 일에 써 버리느냐는 식이었다.('우린 빵집인데요, 형……') 그런 사람들은 대개 만나자마자 낮임에도 불구하고 술을, 그것도 소주와 막걸리만을, 지하주점 같은 곳에서, 그나마 안주도 변변찮게 시켜 놓고 퍼마시는 경우가 많았다. 그렇게 술을 마시면서 그 사람들의 이야기를 듣고 있노라면 골이 빠개지는 것 같았는데, 그건 술 때문이 아니었다. 내 마음에 시시껄렁 퇴폐미가 부족했기 때문이었다.

대학생으로서 술을 마시기 위해 제대로 된 절차를 밟으려면 이렇게 해야만 했다. 우선 낮부터 술집으로 직행할 수는 없으니까 일단 당구나 한 게임 치러 간다. 딩동댕동, 시간 벨이 울리면 이제부터 시작이다. 주로 큐대를 잡은 친구의 주의를 흩트려 놓으려는 게 주된 목적인데, 어쨌거나 내가 치지 않을 때는 뭔가 쉴 새 없이 떠들어 댄다. 둘이 아는 친구나 여자 이야기도 좋고, 가수나 책 이야기도 좋다. 큐대를 잡고 공을 겨누는 친구에게 질문도 던진다. 그런데 친구가 신경 쓰지 않으면 그만이니까 때로는 다른 방법, 즉 치려고 할때 갑자기 큰 소리로 말하거나, 주의를 환기시키는 말을 내뱉을 수도 있다. 아무튼 당구장에서는 유치하게 떠들어 대야만 한다. 그러다 보면 사실은 그렇게 떠들어 대려고 당구장에 가는 게 아닌가는 생각도 든다. 그렇게 한두 시간 정도 떠들며 당구를 치고 나면 슬슬 다리도 아프고 입도 말라서 술

마시기 딱 좋은 몸 상태가 되는 것이다.

대개 어른들이 그런 건 나중에 얼마든지 할 수 있다고 말하는 일 위주로 생활하면 인생에서 후회할 일은 별로 없는 것 같다. 늙을수록 시간은 점점 줄어들기 때문에 얼마든지 할 수 있는 일이라면 가능한 한 빨리 해야만 한다. 얼마든지 여자친구를 사귈 수 있는 시기는 바로 지금이다. 시간이 갈수록 사귈 수 있는 여자친구의 숫자는 점점 줄어들게 돼 있다. 비슷하게 신입생 때 대학생이 어떻게 당구장에 다니느냐는 소리를 선배에게 들은 적이 있었는데, 가만히 생각하면 대학생 때가 아니면 언제 당구장엘 다닌단 말이냐? 한두 번 직장 동료들과 당구장에 간 적이 있었는데, 이건 국제대회도 아니고 다들 가만히 서서 심각한 표정으로 당구공의 움직임만 보는 것이었다. 대학을 졸업한 이후로 입이 아프도록 떠들어 대며 당구를 쳐 본 건 언제가 마지막이었는지 기억조차 나지 않는다.

그리고 인생은 장기적으로 지속된다. 대학을 졸업하고 나면 다 산 것이라고 생각했는데, 좀비도 아니고 다 산 인생은 계속 이어지고 있다. 사실은 이제 내게 인생의 대부분은 30대 이후의 나날들이 돼 버렸다. 20대까지의 기억은 무슨 전생처럼 아득하기만 하다. 그러니 매일 탁구장에 다니던 시절은 물론이거니와 당구장에서 친구들과 시시껄렁한 소리를 주고받던 일들은 아주 먼 옛날의 추억처럼 남게 됐다. 가끔 시내를 지나가다가 건물 3층쯤 창에 표시된 빨간 공과 하얀 공을 본다. 거기 올라가면 옛 추억을 만날 수 있을까? 그럴 리가? 만날 가능성은 제로다. 왜냐하면 이제는 당구를 함께 칠 만한 사람이 주위에 없기 때문이다. 주위에 친구가 없다는 게 아니라, 그런 친구가 없다는 것이다. 그런 친구는 20대 초반에나 가능하다. 그래서 거리에서 스쳐 가는 모든 당구장 표시는 내 안에 어떤 가능성이 고갈됐다는 것을, 그리고 그 고갈된 자리는 고독이 메운다는 것을 암시한다.

2011년 봄, 작업실을 근처의 다른 오피스텔로 옮겼다. 이런저런 일들을 처리하려고 관리사무소로 가는데 꽤 규모가 큰 체력단련실이 보였다. 러닝머신 등 웬만한 헬스 기구는 물론이거니와 당구장과 탁구대도 있었다. 그걸 보니까 오랜 나의 소망이 떠올랐다. 그건 집에 탁구대와 당구대를 설치하는 일이었다. 관리사무소에 물어보니 입주자는 그 시설을 무료로 이용할 수 있다고 했다. 옳다구나 싶어서 함께 탁구와 당구를 칠 만한 친구를 수소문했다. 그렇게 해서 근처에 사는 한 친구가 작업실로 찾아왔다. 초등학생 때 우연히 알게 돼 지금까지 알고 지내는 친구인데, 심지어 나와 마찬가지로 소설을 쓰기까지 한다. 30년째 아는 친구이니까 당연히 탁구와 당구는 나와 비슷하게 친다. 그럼에도 우리가 탁구를 안 친 지는 20년, 당구를 안 친 지는 10년 정도가 지난 것 같았다.

그렇게 해서 낮에, 아무도 없는 체력단련실에서, 둘이서 탁구를 쳤다. 둘 다 소설가니까 가능한 일이었다. 오랜만에 라켓을 잡았더니 느낌이 이상했지만 곧 익숙해졌다. 탁 탁 탁 탁, 규칙적으로 탁구공이 탁구대에 부딪히는 소리가 들렸다. 오랜 친구와 탁구를 치면서 그 소리에 귀를 기울였더니 무슨 최면에 걸린 것처럼 10대 시절로 돌아가는 것 같았다. 더 정확하게 말하면 타임머신을 타고 과거로 거슬러 올라가는 것처럼 마음은 지금 나이인데 모든 건 다 10대로 돌아가는 듯한 느낌. 30년이 흘렀다는 게 꿈만 같고, 지금 열두 살인 내가 마흔두 살이 된 먼 미래의 나를 상상하는 건 아닐까는 생각마저 들었다. 하지만 그럴 가능성은 거의 없었다. 그때 어릴 때 나는 30년 뒤의 나를 전혀 상상할 수 없었기 때문이었다. 만약 그때 지금의 나를 상상할 수 있었다면 어땠을까? 그래서 먼 미래의 내가 과거로 돌아가 한 번 더 사는 것처럼 초등학교 시절을 살았다면? 아마도 어른들이 나중에 얼마든지 할 수 있으니까 지금은 공부하라고 말할 때의 그 '나중에 얼마든지 할 수 있다던 그 일'을 할 것이다.

　이건 지금의 나에게도 해당하는 일이다. 인생은 왜 이다지도 긴 것일까? 그 이유는 긴 인생의 눈으로 조망할 때에만 지금 이 순간의 의미가 분명해지기 때문이 아닐까? 80살이 되어서 죽는 순간에 하느님이 다시 인생을 살도록 허락해서 지금의 나이로 돌아온다면 나는 과연 무슨 일을 할 것인가? 나라면 아마도……. 생각해 보니 그건 평생소원이던 당구대와 탁구대가 생긴 이 마당에, 게다가 나와 마찬가지로 근처에서 소설을 쓰는 친구가 있어서 사람들이 없는 낮에 그 시설을 이용할 수 있으니 이 기회를 놓치지 않고 당구와 탁구를 치는 일이었다. 그래서 탁구를 친 뒤에 우리는 쉬지 않고 당구를 쳤다. 당구를 치면서 매일 여기 와서 당구를 치자고 서로 다짐했다. 인생을 선용하는 기술은 바로 거기에, 지금 이 순간 할 일을 하는 데 있다는 것을 우리는 깨달았으니까. 인생은 이다지도 기니까 지금 할 일은 꼭 지금 하고 지나가는 게 좋겠다. 나중에는 또 그때 할 일이 있을 테니까.

그리운 북쪽

겨울바람이라면 고등학교 시절이 생각난다. 그 시절에는 전교생이 거의 대부분 자전거로 등하교를 했다. 교문 옆에 슬라브 지붕을 올려서 만든 자전거 보관소는 교사만큼이나 넓었다. 신학기가 되면 줄을 서서 돈을 내 자전거 명패를 신청하고 그다음 날 벽에 걸린 명패를 찾아와 자전거 헤드라이트 아래쪽에 달았다. 잘 자른 나무조각에다가 이름과 반 번호를 멋들어지게 적어 놓은 그 명패는 대개 12월이 가까워지면 비바람에 시달려 더러워지게 마련이었다. 그쯤이면 신학기에 새 명패를 달던 기억이 아렴풋해지면서 시간은 흘러가 과연 무엇으로 남는 것인지 궁금해졌다.

학교는 북쪽에 있었다. 붉은 벽돌로 지은 교사가 인상적인 곳이었다. 학교를 건립하던 일제시대 때, 좋은 자재를 사용하느라 평양까지 가서 붉은 벽돌을 사 왔다고 했다. 그 시절, 우리가 몸으로 느끼는 지리학으로 평양이란 상상할 수 없을 정도로 먼 곳이었다. 우리에게 북쪽은 추풍령까지를 뜻했으니까. 그 먼 곳으로 가려면 고등학교를 졸업해야만 했다. 대학에 진학하든, 대도시에 나가 취업하든. 그러니까 내가 자란 도시에서 북쪽은 어른들의 고장이었다.

겨울이면 그 북쪽에서 정말 매서운 바람이 불었다. 바람의 세기가 강해지면서 아이들은 하나둘씩 자전거를 포기하고 버스로 등하교했다. 언제쯤 자전거가 아니라 버스로 통학할 것인가를 판단하는 일은 간단했다. 안장에서 엉덩이를 치켜들고 고개를 숙인 채 페달을 힘차게 밟아 본다. 시간이 얼마가 걸리든 자전거가 똑바로 나아간다면 아직까지는 본격적인 겨울바람이 시작되지 않은 셈이다. 만약에 자전거가 좌우로 비틀거린다면 이제는 자전거가 아니라 버스를 이용해 통학할 계절이 찾아왔다는 뜻이다. 그 시기가 대개 11월 말이었던 것 같다. 12월이면 자전거 보관소가 텅 비게 되고 통학버스의 유리창에 학생들의 입김이 뿌옇게 서렸다.

학생들은 그 유리창에 하나마나한 낙서나 그림을 그렸다.

겨울의 풍경이란 대개 그런 모습이었다. 통학로를 따라 철길이 놓여 있었으므로 야간자습을 마치고 늦은 밤 버스를 타고 집으로 돌아가노라면 입김으로 그린 그림 너머로 기차 불빛이 보였다. 북쪽으로 가는 기차 불빛. 그 시절, 나는 그 기차에 탄 사람들 하나하나의 사연들을 즐겨 상상했다. 언젠가는 나도 그 사람들처럼 기차를 타고 서울로 가리라는 꿈을 꿨다. 소도시 고등학생에게 그런 꿈은 초콜릿보다도 달콤했다.

그러던 어느 겨울날, 집에 가 보니 서울에 사는 친구에게서 편지가 왔다. 서울 지역에서만 방송되던 FM음악 프로그램이 있었는데, 그 방송을 들을 수 있는 네가 너무나 부럽다고 내가 편지를 쓴 적이 있었다. 그 친구는 TV 안테나에 라디오를 연결하면 지방에서도 그 방송을 들을 수 있다는, 대단히 희망에 찬 사연을 내게 보내왔다. 야간자습을 마치고 돌아와 너무나 피곤했지만, 그 사연이 사실인지 아닌지 당장 확인하지 못할 정도로 피곤한 것은 아니었다.

물론 우리 집에는 TV 안테나가 있었다. 하지만 문제는 그 안테나가 지붕 위에 있었다는 점이었다. 나는 밖으로 나와 안테나를 한 번 올려다본 뒤, 마음을 다지고 라디오에 안테나 선을 연결했다. 그리고 담벼락을 이용해 지붕 위로 올라가 안테나에 선을 연결했다. 서울이 있는 북쪽은 과연 어디일까? 나는 북극성을 찾았다. 하늘에는 정말 많은 별들이 있었지만, 학교에서 배운 대로 북두칠성을 이용해 북극성을 찾아냈다. 그 방향을 향해 안테나를 돌렸다. 드디어 모든 일이 끝난 셈이었다.

그런데 문제는 누군가 내 방에 있었다면 안테나를 이리저리 돌리면서 라디오를 맞출 수 있었겠지만, 밤이 깊었고 또 혼자였기 때문에 그게 곤란했다는 점이었다. 북극성을 향해 안테나를 맞춰 놓은 뒤, 나는 다시 담벼락을 밟고 내려가 주파수를 이리저리 맞춰 봤다. 중국방송, 일본방송, 북한방송은 잘 잡히건만 서울에서 나오는 방송만은 잡히지 않았다. 북쪽이 아닌가는 생각에 다시 올라가 안테나를 돌리고 내려와 주파수를 이리저리 맞춰 봤다. 역시 중국방송, 일본방송, 북한방송은 잘 잡히는데 그 방송만은 잡히지 않았다. 그 일을 대여섯 번 정도 반복하다가는 그만 지쳐 버려 지붕 위에 드러누웠다. 그제야 춥다는 생각이 들면서 별들이 한눈에 들어왔다. 별들, 별들, 별들. 수많은 별들. 공연히 허튼짓을 했다는 생각이 들어야만 할 텐데, 어쩐 일인지 꼭 그 별들을 보려고 그런 짓을 했다는 느낌이 들었다.

도연명의 유명한 시 '음주(飮酒)'에는 "동쪽 울타리에서 국화를 따다가(採菊東籬下)/ 한가로이 남산을 바라보네(悠然見南山)"라는, 시보다도 더 유명한 구절이 나온다. 본다고는 했지만, '간(看)'이나 '망(望)'이 아니라 '견(見)'인 까닭은 남산이 문득 보였기 때문이다. 동쪽 울타리에서 마음 내키는 대로 국화를 따다가 문득 남산이 보이게 되는 것처럼, 내 눈으로도 그 별들이 보이게 됐다고 말해도 될까? 남산이 도연명을 바라봤다고 말하는 게 옳은 것처럼 별들이 나를 바라본 것이라고 우겨도 될까? 어쨌든.

고등학교 시절에 나는 북쪽을 그리워했다. 하루라도 빨리 어른이 되고 싶었다. 하지만 아무리 발을 굴려도 북쪽에서 불어오는 바람을 이길 수는 없었고 아무리 안테나를 돌려도 북쪽에서는 아무런 소리도 들려오지 않았다. 그저 보이는 것이라고는 보고자 하는 마음조차 없었던 별들뿐이었다. 그리고 지금 나는 그리워하던 북쪽에 살고 있다. 어른이 된 것이다. 그러나 별들은 이제 더 이상 내 시야에 들어오지 않는다. 내게 편지를 보내 주는 친구도, 지붕도 없으며 더구나 그런 허튼짓을 할 시간이 없다. 인생은 그런 것인가? 아니다. 그게 아니다. 중요한 것은 지금도 문득 내 눈으로 들어오는 것이 있을지도 모르니 가능하면 눈을 크게 뜨고 다녀야만 한다는 점이다.

나의 가장 아름다운 천국

내가 서점에서 처음으로 책을 산 건 초등학교 3학년 시절이었다. 그때 계몽사인가, 어딘가에서 코난 도일의 단편들을 책 한 권으로 만들어 시리즈로 출판한 적이 있었다. 검은색 표지에 처음 영국에서 〈스펙테이터〉에 연재할 때 함께 수록됐던 오리지널 석판화 삽화를 고스란히 편집한, 꽤 괜찮은 책이었다고 기억한다. 한 권에 300원이었던 것 같은데, 정확한 기억인지는 모르겠다. 어쨌든 일주일에 한 번씩 용돈을 받으면 서점에 가서 이 책 저 책 하나하나 뒤적여 가면서 따져 보고 또 따져 본 뒤에 한 권씩 구입했다.

내가 책을 산 곳은 우리 동네에 있던 서점, 춘양당이었다. 나중에는 춘양당서점이 됐지만, 그때만 해도 춘양당. 제과점 만나당이 있고, 별다방이 있던 시절이니까. 춘양당에 들어가면 제일 앞쪽 매대 아래칸에 검은색 셜록 홈즈 시리즈가 꽂혀 있었다. 〈너도밤나무집의 비밀〉, 〈빨간 머리 클럽의 비밀〉, 〈얼룩 띠의 비밀〉, 〈춤추는 인형의 비밀〉. 지금 다시 나온 책을 들춰 보니 내가 기억하고 있는 문고본의 제목과는 좀 많이 다르다. 내 기억에는 거의 모든 제목에 '비밀'이라는 단어가 붙어야만 할 것 같은데.

어쨌든 내 초등학교 시절의 독서 체험은 춘양당의 입구 근처를 전전한 것으로 기록해야만 할 것 같다. 고학년이 되면서 나는 계림문고와 클로버문고에 눈을 뜨게 됐다. 처음에는 클로버문고에서 나온 만화들, 예컨대 〈바벨3세〉, 〈땅콩 찐콩〉, 〈대야망〉 같은 만화에 빠져 살았다. 셜록 홈즈 문고본은 집중적으로 수집했지만, 클로버문고는 몇 권을 구입한 뒤에 다른 아이들과 바꿔 보는 경우가 대부분이었다. 가격도 비쌌지만, 그 숫자도 만만치 않았기 때문이었다.

그즈음에 춘양당에서 내가 꾸준히 샀던 책은 동짜몽 시리즈였다. 원래 일본 이름은 도라에몽이었지만, 그때 한국에 번안될 때는 '동글짜리몽땅'의 준말인 동짜몽으로 바뀌었다. 동짜몽에 푹 빠져 있던 나는 학교에서 돌아오는 길이면 꼭 춘양당에 들러 새로운 동짜몽 시리즈가 나왔는지 확인하고, 만약 새로운 시리즈가 나왔으면 당장 가게로 가 어머니를 졸라 새 책을 사고야 말았다. 새로 나온 동짜몽의 첫 페이지를 펼치던 그 순간의 기쁨이란 지금도 잊히지 않는다.(요즘 나는 딸애와 도라에몽을 열심히 시청하고 있는데, 도라에몽에 목을 매는 딸애가 느낄 그런 환희가 부러워서 미칠 지경이다.)

그다음은 만화가 아닌 클로버문고에 빠져들었다. 〈꿈꾸는 해바라기들〉, 〈15소년 표류기〉 같은. 일단 기나긴 서사에 익숙해지자, 클로버문고가 아닌 계림문고의 명작선으로 방향을 틀었고, 그리하여 마침내 도달한 곳은 명랑소설이었다. 오영민은 내가 최초로 팬심을 발휘했던 작가였다. 〈6학년 0반 아이들〉로 시작된 오영민 읽기는 〈봄 여름 가을 겨울〉(이 제목은 불확실하다), 〈내일 모레 글피〉에 이르러 등장인물과 독자가 완전히 하나가 되는 경험에 이르렀다. 거짓말하지 않고 나는 그 두 권의 책을 각각 1백 번은 넘게 읽었다. 춘양당에서 산 책은 표지가 이미 찢겨져 나가고 그 하얀 속표지만 남은 채 걸레가 될 정도였다. 그중에서도 제목이 불확실한 쪽을 더 좋아했다. 그 소설을 읽을 때마다 나는 매번 1년을 온전히 살았던 것 같다.

그리고 나는 도서관이 딸린 중학교에 들어갔고, 춘양당에
는 자연스럽게 발길을 끊었다. 중학교 도서관에는 출판사는
기억나지 않는 SF전집이 꽂혀 있었다. 나는 고등학교 입시에
대한 압박감이 나를 짓누를 때까지 그 SF전집에 미쳐서 살
았다. 중학교를 졸업할 무렵에는 서점보다는 만화가게를 더
많이 갔다. 처음엔 이현세와 허영만의 만화를 빌리러 갔다가
거기서 김성종, 김홍신, 이원수 등의 소설을 발견했다. 한수
산과 박범신의 소설에 빠져들기 시작한 건 고등학교에 입학
하고 나서부터였다. 그동안, 내가 서점에서 산 책은 〈단(丹)〉
이 유일했던 것 같다. 그게 1984년의 일이었나? 그렇다면,
중학생이던 내가 직접 서점까지 가서 그 책을 샀을 정도니까
〈단〉은 아마도 엄청난 베스트셀러였을 것이다.

내가 서점에 다시 다니게 된 건 전혜린과 이상 때문이었
다. 그들을 통해서 낭만적 문학 천재의 세계에 한껏 매료된
나는 이윽고, 지금 생각하면 정말 놀랍게도 고은과 황지우의
시집으로 넘어가게 됐다. 김천에서 그들의 시집을 살 수 있
는 곳은 시청 앞에 있던 김천서점뿐이었다. 그 서점의 주인
아줌마는 성당에 다니던 분으로 우리 집도 잘 알고 있었다.
그래서 내가 책을 사러 가면 늘 책을 많이 읽는다고 칭찬하

셨고, 엄마를 만나서는 참 똑똑한 아들뒀다고 아낌없이 치켜세웠기 때문에 엄마는 그동안 쏟아부은 책값이 아깝지 않았을 것이다.

김천서점에 들어가면 오른쪽에는 소설과 비소설류가, 왼쪽에는 시집과 기타 장르의 책들이 꽂혀 있었고, 가운데에 둔 매대에는 베스트셀러가 놓여 있었다. 문학과지성사, 창작과비평사, 민음사의 시집들이 완질로 꽂혀 있었기 때문에 나는 양질의 시집을 언제라도 구입할 수 있었다. 1988년 5월에 한겨레신문이 창간된 이후로 그 신문을 파는 곳은 김천에서 김천서점이 유일했다. 주인아줌마는 신문을 팔았다기보다는 그런 신문도 나온다는 걸 증명하는 데 더 힘을 쏟는 것 같았다. 왜냐하면 김천시청을 마주하고 있는 진열장에, 그 당시만 해도 불온한 느낌을 물씬 풍기는 가로쓰기 한글전용의 신문을 다른 책들과 함께 떡하니 전시해 놓았으니까. 내가 사는 세계 바깥의 정보에 목말랐던 나는 반색하고 그 신문을 사서 처음부터 끝까지 한 자도 빠트리지 않고 다 읽었다. 하지만 나중에는 매일 같이 한겨레신문을 사러 가니까 주인아줌마가 말했다.

"너 자꾸 이런 신문 읽으면 못쓴다. 지금은 공부해야지.

네 엄마가 알면 내가 혼날 거야."

그런 시절, 이었다기보다는 내가 자란 김천이란 도시의 풍토가 그랬다. 그러므로 김남주의 시집을 좀 주문해 달라는 내 부탁을 그 아줌마가 들어주지 않은 건 당연한 일이었다.

"제목이 뭐라고?"

"나의 칼, 나의 피."

내가 책을 사러 대구까지 다니게 된 건 그 때문이었다. 김천서점에서 그 책들을 주문하지 않으면 김천에서는 그 책들을 구할 방법이 없었으니까. 대구에 내린 나는 무작정 동성로를 걸어가 보이는 대로 서점에 들어가서 김남주의 책을 찾았다. 그러다가 내가 발견한 서점이 바로 제일서적이었다. 거기서 나는 내가 원하는 모든 책들을 구했다. 김남주. 박노해. 〈전태일 평전〉. 〈창작과비평〉 복간호. 표지만 봐도 무시무시하기만 했던 〈말〉지는 우편으로 주문해서 받아 봤다.(모두 3층이었나?) 제일서적은 내가 찾아낸 첫 번째 천국이었다. 고등학교 3학년 시절, 그 천국에 가기 위해 나는 일요일이면 아침 10시 50분 비둘기호를 타고 대구로 가서 하루 종일 서점에서 놀다가 오후 4시 10분 비둘기호를 타고 다시 김천으로 돌아왔다. 사서 오는 책이라고는 겨우 한두 권. 그 한

두 권을 선택하기 위해서 얼마나 많은 책들을 뒤적였는지 모른다. 그 한두 권의 책들을 읽으면서 돌아오는 비둘기호 기차 안의 정경은 지금도 잊히지 않는다.

고등학교 3학년 여름방학이 되어 나는 앞으로 다닐 대학교를 미리 보고 오면 공부하는 데 도움이 된다고 부모님을 설득해서 서울로 갔다. 대학교는 참으로 크고 좋았다. 그건 그렇고, 나는 지하철을 타고 당장 교보문고로 갔다. 그때 교보문고는 지금보다 훨씬 더 어두웠다. 그러거나 말거나. 정말 그러거나 말거나. 거기는 거기 평생 갇혀서 죽는 한이 있더라도 행복할 것만 같은 곳이었다. 나는 정말 미칠 것만 같았다. 어찌 그렇지 않겠는가? 교보문고에는 내가 읽어 보기는커녕, 한 번도 들어 본 적이 없는 책들이 빼곡하게 꽂혀 있었는데. 아쉬움을 뒤로하고 낙향한 나는 정말이지, 몇 달만 고생하면 대학생이 되어 그 책들을 마음껏 읽을 수 있다는 생각으로 공부했다. 내가 가려고 했던 대학교는 장서량이 80만 권이라고 얘기했는데, 나는 오직 그 이유만으로도 그 대학교에 가야만 했다. 마찬가지로 나는 교보문고가 있다는 이유만으로 서울로 가야만 했다. 안 봤으면 모르지만, 교보문고를 보고 난 다음에는 제일서적은 더 이상 천국이 될 수 없었다.

우리 때는 선지원 후시험으로 시험은 자신이 지망한 학교에 가서 쳤다. 지방 학생들에게는 너무나 불리한 제도였다. 전날, 흥분을 가라앉히려고 우황청심환을 두 알이나 먹은 나는 정신이 말똥말똥해져서 새벽 4시에나 겨우 잠들었다. 허겁지겁 아침에 깬 나는 2교시 수학 시간에 객관식 3번 문제부터 막히기 시작했다. 모의고사에서 늘 연습했던 대로 그렇다면 일단 주관식 1번 문제로. 원래 0, 1, −1 이 세 가지 답안 중에 하나가 나오는 게 관례였던 주관식 1번 문제를 나는 풀지 못했다. 눈앞이 캄캄했다. 수학시간이 끝난 뒤에 나는 이미 떨어졌다는 걸 알게 됐다. 몹시도 추운 날이었다. 점심을 먹으려고 시험장을 빠져나오는데, 유리창 너머로 함께온 아버지가 오뎅국물을 들고 서 계시는 게 보였다. 눈물이 핑 돌았다. 나는 이미 떨어졌는데……. 추우니까 오뎅국물을 먹으라고 아버지는 자꾸만 권했다. 나는 그걸 먹다가는 목이 멜 것 같아서 잘 먹지 못했다. 그나마 영어 시험을 잘 쳤지만, 그렇다고 해서 수학 시험에서 까먹은 점수를 회복할 수는 없었다.

시험을 다 치르고 다른 수험생들과 함께 전철역을 향해 걸어가는데, 이제 뭘 하고 싶냐고 아버지가 물었다. 나는 사고 싶은 책이 있으니까 종로서적으로 가자고 말했다. 우리는 지하철을 갈아타고 종로서적까지 갔다. 거기서 나는 또 한참 동안 책을 골랐다. 자꾸만 눈물이 나올 것만 같았다. 아버지에게 이번 시험은 떨어진 게 틀림없으니까 면접 보지 말고 그냥 내려가자고 고백하고 싶었다. 하지만 나는 그런 마음을 꾹 참고 책을 골랐다. 그날 무슨 책을 골랐는지 모르겠다. 무슨 책을 골랐든 그게 무슨 상관이겠는가. 종로서적이 아니었더라면 나는 그날 저녁에 울음을 터뜨렸을지도 모르는데. 이제 아버지는 늙으셨고, 아마도 저 녀석이 나중에 소설가가 되려고 시험 친 날에도 책을 사러 간 모양이라고 회상할지도 모르겠다. 아직도 종로서적이 거기 남아 있다면, 늙으신 아버지와 함께 가서 책을 골라 볼 텐데. 그러면서 그게 아니라, 소설가가 되려고 그랬던 게 아니라, 위로받고 싶어서 거기로 간 것이라고 털어 놓을 텐데.

기회야, 인생아,
머리 길러도 괜찮아

　장사하는 집에서 태어난 사람들은 다들 잘 알겠지만, 장사라는 건 어쩔 수 없이 온 가족의 일이 되고야 만다. 대입을 준비하는 수험생이 있는 집이라면 한 해 동안 집안의 대소사가 입시를 중심으로 움직이는 것과 마찬가지다. 입시라면 가장 운이 나쁠 경우에 3,4년 정도 그런 긴장 상태를 견뎌야만 하겠지만, 장사하는 집에서 태어났다면 가장 운이 좋은 경우에 평범한 다른 집안의 애들처럼 유년 시절을 보낼 수 있다.

　어린 시절에 손꼽아 기다리는 날이라면 설날이나 추석과 같은 명절이나 크리스마스, 어린이날 등의 공휴일이 아닐 수 없다. 장사하는 집에서, 그것도 다들 좋아하는 빵 같은 걸 파는 집에서 태어났다는 건 그 모든 날들이 무의미해진다는 것을 뜻한다. 예컨대 빵집 아들로 태어났다면 명절이나 공휴일이나 방학이란 대목을 뜻한다. 가족 전체에 총동원령이 내려진다. 집에서 텔레비전을 보면서 5분 대기조처럼 호출만 기다린다면 그나마 괜찮다. 엄청나게 바빠지면 가게에서 잠시도 떠날 수가 없게 된다. 명절이나 공휴일을 맞이해 친구들과 재미있게 논다는 건 언감생심 꿈도 꿀 수 없는 노릇이었다.

내가 바로 그 경우였다. 나는 빵집 아들로 태어났다. 이건 선택할 수 있는 게 아니다. 나는 태어나자마자 달력의 빨간 날이란 그간 못 벌었던 돈을 일시에 벌어들이는 날이라는 걸 깨달아야만 했다. 예수님이 오셨든 부처님이 오셨든, 어린이를 위한 날이든 어버이를 위한 날이든 그때 돈을 벌지 못하면 한동안 어머니에게 손을 벌릴 때마다 지청구를 들을 수밖에 없다는 사실을 잽싸게 알아차렸다. 그런 까닭에 내 유전자에는 벌 수 있을 때, 돈을 벌어 놓아야만 뒷날이 편하다는 생각이 가훈처럼 새겨져 있다. 매일 저녁 9시면 일수 아줌마가 들고 온 손바닥만한 푸른 노트에 어머니가 도장을 찍는 모습을 지켜봤는데, 그때마다 죽을 때까지 그 가훈을 지키지 않으면 삶이 상당히 피폐해진다는 사실이 은연중 내 머릿속에 각인됐다.

명절이란 지물포에서 한 다발의 전지를 사 오는 일에서 시작했다. 우리 형제는 그 종이를 '노루지'라고 불렀다. 옛날에는 지물포에서 롤페이퍼 형태로 둘둘 말린 종이를 잘라서 팔았다. 그래서 '롤지'라는 말이 '노루지'라는 아름다운 이름으로 불렸던 것 같다. 이런저런 종이들로 가득한 지물포 가게 안을 잘 조망하기 위해 높게 설치한 좌대에 하루 종일 앉아 있는 지물포 주인의 머리 위에 철사줄로 매달아 놓은 롤페이퍼가 종류별로 갖춰져 있었다. 노루지를 사 온 우리는 식칼, 과도 등을 하나씩 들고 16절지와 8절지로 잘라 낸 뒤, 미끈한 쪽을 바깥으로 해서 한쪽 귀퉁이에서 대각선 방향으로 1센티미터 정도씩 밀어 넣으며 종이를 쌓아 갔다. 풀이 마르는 속도가 있으니까 한 스무 장 정도면 적당했다. 그다음에는 페인트붓에 어머니가 이미 쑤어 놓은 풀을 발라 밀어 넣은 쪽에다 풀칠을 했다. 풀칠이 끝나면 대략 종이를 3등분해서 접으며 봉투를 만들었다. 그게 바로 순수한 홈메이드 빵 봉투 제작법이었다. 그 봉투 안에 갓 만든 단팥빵이나 크림빵을 담으면 빵에 바른 기름이 종이에 스며드는 게 그야말로 빵을 사 가는 듯한 기분이 들지 않을 수 없었다.

각자 한 번에 3백 개 정도의 봉투를 만들면 사 온 전지가 바닥이 났던 것 같다. 봉투를 다 만들고 나면 제빵 기술자 아저씨가 빵을 만들기 시작했다. 4층에 있던 빵 공장에서 제일 먼저 튀겨서 만드는 빵, 그러니까 도넛류가 나오는 시각인 오전 11시 무렵부터 1층의 가게로 빵을 옮기는 일이 시작됐다. 빵은 기름때가 잔뜩 묻어도 절대로 표가 나지 않는 검은 오븐용 용기에 담아서 옮겼다. 가끔 빵 가게에 가 보면 지금도 다들 그 검은 용기를 쓰는 것으로 봐서 그 용기의 유서 깊은 내력을 짐작할 수 있다. 기술자 아저씨가 하루 종일 틀어 놓는 빨간색 광석라디오에서 '김삿갓 방랑기'가 흘러나올 즈음에는 단팥빵, 크림빵, 곰보빵 등 값싼 빵들이 오븐에서 나왔고 기술자 아저씨는 우리가 장바구니에 넣어서 갖다 준 점심을 먹었다. 오후에는 주로 값비싼 생과자류가 만들어졌다. 그동안에 우리는 옮겨 온 빵들을 하나씩 집게로 집어 비닐포장에 넣었다. 더 어렸을 때만 해도 '오봉'이라고 부른 네모난 함석 진열 용기에 줄 맞춰 넣기만 하면 됐는데, 위생 관념이 투철해지면서 그런 수고가 생겨난 것이다. 빵을 하나하나 비닐포장에 집어넣은 뒤, 접착 부분의 비닐을 떼고 봉하는 일을 하려면 상당한 인내가 필요하다.

오후가 깊어지고 슬슬 하품이 나올 지경이 되면 마찬가지로 '노루'라고 부른 롤케이크 등의 큰빵들이 쏟아져 나왔고 그다음에는 본격적으로 케이크가 만들어졌다. 보통 때는 아무리 바쁘더라도 오후 4시 이후에는 더 만들 빵이 없었기 때문에 기술자 아저씨가 나머지 빵을 날랐지만, 명절이면 그럴 겨를이 없어서 우리 몫이었다. 우리는 가게에 앉아서 수족관의 물고기를 보거나 가게 앞에서 배드민턴 따위를 치다가 '요비링(차임벨)'이 울리면 4층으로 뛰어올라가 나온 빵들을 가게로 날랐다. 가게 안을 빵과 케이크 등으로 다 채운 뒤에는 가게에서 빵 파는 일을 도왔다. 케이크를 포장하고 돈을 계산하고 빈 그릇을 치웠다. 통금이 일시적으로 없어지고 밤새 역에서 사람들이 쏟아져 나오는 명절에는 그 일이 다음 날 새벽까지 계속됐다. 그건 '밤새미'라고 불렀다. 물론 밤을 새면서 장사를 한다는 뜻이다.

대학교에 입학하면서 나는 이 가족의 일에서 은퇴할 수 있었다. 물론 그즈음에는 예전처럼 장사가 잘 되지 않아 온 가족이 들러붙을 필요가 없었다. 어린 시절에 아버지가 공무원이나 회사원이면 얼마나 좋을까고 혼자 생각했던 것처럼 아버지도 내가 공무원이나 회사원이 되기를 바라셨지만, 결국 나도 월급쟁이가 되는 데 실패했다. 이 말은 곧 벌 수 있을 때, 돈을 벌지 않으면 어떤 곤란한 일이 생기는지 온몸으로 체험하는 삶을 산다는 뜻이다.

가끔 나는 명절이면 온 가족이 들러붙어 일하던 그 시절을 떠올리곤 한다. 온 가족의 일. 온 가족이 둘러앉아 봉투를 붙이거나 케이크를 나르거나 빵을 팔던 일. 떠들썩하게 얘기하고 싸우고 꾸지람을 들으면서도 마음을 달래 힘을 합쳐야만 했던 일. 지금도 지방의 어느 제과점에서는 그렇게 일할지도 모르겠지만, 이제 그런 일들이 내게는 멀어졌다. 그리고 이제 돌아보면 그게 우리 집의 명절이었음을 알 것 같다. 왜 항상 돌아보면 삶은 그제야 그 의미를 가르쳐 주는 것일까?

기회의 뒤통수에는 머리카락이 없어 지나가고 나면 잡을 수 없다는 말이 있다. 마음에 드는 말이다. 안 잡히려고 뒤통수에만 머리카락을 잘라 낸 기회를 상상하면 비록 그 기회를 놓쳤더라도 어느 정도 위안이 된다. 나 같으면 잡히는 한이 있어도 머리카락을 기르겠다. 기회의 친한 친구가 바로 인생이다. 인생의 뒤통수에도 머리카락은 없을 듯. 대신에 그 뒤통수에는 그게 무슨 의미였는지 씌어져 있을 것 같다. 멀리서 돌아봐도 금방 알아볼 수 있게 큰 글자로. "기회야, 인생아,

나는 늘 늦게 깨닫지만, 그래서 후회도 많이 하지만, 가끔은 너희들의 뒤통수를 보며 웃기도 한단다. 안 잡을게. 그러니 뒤통수에 머리 길러도 괜찮아."

4장
......

그렇지만 삶은
고급 예술이다

다시 돌아간다면 나는 더 많은 일들을
경험하고 더 많은 사람들을 만날 것이다.
다시 한 번 더 살 수 있다면
우린 정말 잘 살 것이다.

어쨌든 우주도
나를 돕겠지

최근(2012년)에 헤밍웨이 작품들의 저작권이 만료되면서 그의 책들이 여러 출판사에서 출판됐다. 오랫동안 그의 작품을 찾아서 헌책방을 전전했던 사람으로서는 너무나 반가운 일이 아닐 수 없다. 내가 제일 먼저 읽고 싶었던 헤밍웨이는 〈누구를 위하여 종은 울리나〉도, 〈노인과 바다〉도 아니었다. 늘 헤밍웨이를 다시 읽는다면 〈태양은 다시 떠오른다〉에서 시작해야만 한다고 생각했다. 왜냐하면 1989년 영문학과 신입생으로 입학해서 처음 공부한 영문학 작품이기 때문이다.

그로부터 23년이 지난 올해 이 소설을 다시 읽으니 영문학과 교수님들이 얼마나 고심 끝에 이 소설을 골랐을지 그 마음 씀씀이가 뒤늦게 느껴졌다. 신입생 시절에는 하얗게 수염을 기른 헤밍웨이의 사진 때문이었는지 이 소설에 나오는 제이크나 로버트의 이야기를 내 또래의 이야기라고는 생각하지 않았다. 젊은 날에는 젊음을 모른다더니, 이 소설 속 청년들도 자기가 얼마나 젊은 줄을 모르고 밤새 파리의 술집을 쏘다니는데(하긴 그것이야말로 젊음의 곡예겠지만) 나도 이제야 이 소설의 주인공들이 얼마나 젊었는지 깨닫는다.

"내 인생이 이렇게 빨리 지나가고 있는데, 내가 제대로 살고 있지 않다고 생각하니 참을 수가 없어."
"투우사 말고는 인생을 최대치로 사는 사람은 없어."
"투우사는 관심 없어. 그건 비정상적인 삶이야. 난 남미 시골에 가고 싶다고. 굉장한 여행이 될 거야."
"영국령 동아프리카에 가서 사냥을 하는 건 어때?"
"아니, 그런 건 싫어."
"거기라면 같이 갈 텐데."
"아니, 그건 흥미 없어."

이 부분을 읽으니까 최근에 본 다른 책이 떠올랐다. 스스로 자신에게 들려주는 이야기가 인생을 바꾼다는 주장을 펼치는 〈스토리〉란 책으로 '목적의식 유지'라는 제목 아래 스누피 만화의 한 부분이 일례로 등장한다. 만화에서 샐리는 즐겁게 줄넘기를 하다가 갑자기 울음을 터뜨린다. "왜 그래?" 친구 라이너스가 묻는다. 샐리는 대답한다. "난 줄넘기를 하고 있었어. …… 모든 게 다 괜찮았는데 …… 순간 …… 나도 모르게 …… 갑자기 다 부질없어 보였어." 내 생각에 청춘의 시간이 꼭 그렇게 흘러간다. 열심히 뭔가에 빠진다. 그다음에는 갑자기 다 부질없어 보인다. 왜 20대에는 제대로 산다는 느낌이 잘 들지 않고, 모든 게 갑자기 부질없어 보이는 것일까? 그건 어쩌면 20대에는 결과는 없고 원인만 존재하기 때문이다.

사람은 예측한 대로 결과가 나오면 자신의 삶을 통제한다고 생각하고, 그때 제대로 산다고 본다. 우리가 자꾸만 어떤 결과를 원하는 건 그 때문이다. 회사원은 사장을 원하고, 사랑에 빠진 사람은 결혼을 원한다. 정말 멋진 사람, 남들이 다 부러워하는 사람, 사랑받을 만한 사람이 되기를 원한다. 자기계발서에 써 놓은 것처럼, 간절히 원하면 우주가 우리를 도와줄 것이라고 믿는다. 그렇게 원하지 않고 20대를 보내는 사람도 있을까? 그럼에도 20대가 끝날 무렵에 우리 대부분은 알게 된다. 우리는 생각보다 훨씬 더 지질하며, 자주 남들에게 무시당하며, 돌아보면 사랑하는 사람조차 없다는 사실을. 도대체 뭐가 잘못된 것일까? 모든 게 다 괜찮았는데, 왜 갑자기 이런 결과를 얻는 것일까? 그러니 20대 후반이 되면 우리는 모두 샐리처럼 울 수밖에 없다. 그건 아마도 20대란 씨 뿌리는 시기이지 거두는 시기가 아니기 때문이리라. 청춘이라는 단어에 '봄'의 뜻이 들어가는 건 그 때문이겠지. 20대에 우리가 원할 수 있는 건 결과가 아니라, 원인뿐이니까.

그러다가 〈가장 뛰어난 중년의 뇌〉라는 책을 읽는데, 책을 쓴 바버라 스트로치와 52세의 직장 후배가 20대 시절에 대해 이야기하는 장면이 나온다.

"나는 결코, 무슨 일이 있어도, 다시는 스무 살이 되고 싶지 않아요. 스무 살이라는 건 정말 끔찍했어요. 끔찍했다니까요." 맨해튼의 거리를 가로지르며 에리카가 말했다. "이젠 저도 알아요. 나이가 드니 상실을 맛보게 되죠."

우리는 아무 말 없이 조금 더 걸었다. "하지만 있잖아요," 그녀가 조금 있다가 덧붙였다. "이상한 일이지만, 생각해 보면 그 모든 것에도 불구하고 지금이 가장 행복해요. 묘하지 않아요?"

묘하지 않다. 20대에 우리가 원할 수 있는 건 결과가 아니라 원인뿐이라는 사실을 안다면, 이건 하나도 이상한 일이 아니다. 20대에 나는 세상에서 글을 제일 잘 쓰는 사람이 되고 싶었다. 그리고 20대 후반이 되어서 나는 내가 그다지 글을 잘 쓰는 사람이 아니라는 걸 깨닫게 됐다. 그 깨달음이 얼마나 통렬하던지 나 역시 "결코, 무슨 일이 있어도, 다시는 스무 살이 되고 싶지 않아요. 스무 살이라는 건 정말 끔찍했어요"라고 말할 자신이 있다. 하지만 그건 스무 살의 잘못이 아니다. 우주의 잘못도 아니다. 다만 20대에 우리는 무엇을 원해야만 하는지를 몰랐을 뿐이다.

20대가 지난 뒤에야 나는 어떤 사람이 아니라 어떤 일을 하는 사람이 되기를 원해야만 한다는 걸 깨달았다. 그제야 나는 최고의 작가가 아니라 최고의 글을 쓰는 사람이 되기를 원하기 시작했다. 최고의 작가가 되는 건 정말 어렵지만, 최고의 글을 쓰는 사람은 그다지 어렵지 않다. 매일 글을 쓰기만 하면 된다. 그리고 얼마간 시간이 흐르고 나니, 내가 쓴 최고의 글이 어떤 것인지 알 수 있었다. 내가 최고의 작가가 아닐 수는 있다. 하지만 어쨌든 나는 최고의 글을 썼다.

간절히 원할 때, 내가 원하는 것을 이뤄 주기 위해서 온 우주가 움직인다는 말이 거짓말처럼 들리지는 않는다. 그럼에도 자주 우주는 내 소원과는 무관하게 움직이는 것처럼 보인다. 그건 어쩌면 우리가 소원을 말하는 방식이 잘못됐기 때문일지도 모른다. 누군가를 정말 사랑한다면, 결혼이 아니라 아낌없이 사랑할 수 있기를 원해야만 할 것이다. 결혼은 어려울 수 있지만, 아낌없이 사랑하는 건 크게 어렵지 않다. 그건 내 쪽에 달린 문제니까. 마찬가지로 마라톤 완주가 아니라 매일 달리기를 원해야만 한다. 마라톤을 완주하느냐, 실패하느냐는 내가 어떻게 할 수 있는 문제가 아니다. 하지만 매일 달리는 것은 내가 할 수 있다. 할 수 없는 일을 해낼 때가 아니라 할 수 있는 일을 매일 할 때, 우주는 우리를 돕는다. 설명하기 무척 힘들지만, 경험상 나는 그게 사실이라는 걸 알고 있다.

갑의 계획, 을의 인생

　인생의 일들은 언제나 짐작과는 다르다. 하물며 계획대로 이뤄지는 일은 거의 없다고 보면 된다. 계획할 때의 우리는 '갑'의 입장이다. 스킨스쿠버도 배우고, 이탈리아에도 가고…… 못 하겠다는 말은 게으름뱅이들의 사전에나 존재한다는 듯이 의욕에 차서 계획을 작성한다. 우리 인생에도 무자비한 사주가 있다면, 그건 계획을 세울 때의 '나', 즉 '갑의 나'다. 그러나 막상 실천할 때가 되면, 우리는 '을'의 처지가 되어 갖은 푸념을 다 늘어놓는다. 왜 그 일을 할 수 없는지에 대한 이유를 수천 가지도 더 댈 수 있다.

　GTD라는 건 그런 '을'의 목소리에 더 귀를 기울이자는 취지에서 나온 시간관리법이다. 'Get Things Done'의 준말인데, 우리말로 의역하자면 '일단 끝내기'가 되겠다. 목표고 계획이고 다 필요없고, 일단 끝내는 게 제일 중요하다는 취지에서 비롯했다. 만약 단번에 끝낼 수 없다면(즉 '을의 나'가 갖은 핑계를 늘어놓는다면) 일을 잘게 쪼개서라도 시작한 일은 끝낸다. 정 안 되면 손가락만 까딱해도 할 수 있는 일, 예컨대 물 한 잔 마시기 같은 것부터 시작한다. '을의 나'를 잘 설득해서 아주 작은 일이라도 끝내는 습관을 들이면 나중에는 제 버릇 못 버리고 어마어마한 일들(적어도 세계일주 정도는 되어야만 한다)도 기어이 끝내고야 만다는 이론이 바탕에 깔려 있다.

달리기는 이 이론에 가장 부합하는 운동이다. 말하자면 'Get Running Done', 즉 '일단 끝까지 달리기'가 가장 중요하다. 무슨 방법을 써서라도 끝까지 달려야만 한다. 중간에 포기하면 말짱 도루묵이다. 만약 포기할 것 같으면 계획을 수정한다. 5분 달리기. 이것도 힘들 것 같으면 5분 걷기부터 시작한다. 어떤 계획이든, 시작한 것은 반드시 끝낸다. 그렇게 습관을 들이다 보면 역시 나중에는 제 버릇 못 버리고 일단 뛰기 시작했다는 이유만으로 42.195킬로미터도 기어이 완주하는 일이 벌어지는 것이다. 매일 뛰다 보니까 풀코스도 완주하게 됐더라는 말은 정확한 설명이다. 장거리 마라톤은 장거리를 달리는 운동이 아니라 장시간 달리기, 즉 오랫동안 달리는 습관을 연습하는 운동이다.

생애 처음 마라톤을 완주하겠다고 나섰다가 나는 달리기는 끝까지 달릴 때만 의미가 있다는 사실을 알게 됐다. 30킬로미터를 넘어가니 사람들이 점점 나를 앞지른다는 생각이 들기 시작했다. 그러다가 5시간 차량통제선 뒤로 처지면서 결국 회수버스에 올라탔다. 너무 힘들어서 레이스를 포기한 것이었는데, 결승점에 도착해 완주해서 기뻐하는 러너들을 보니까 그때부터 온몸에 골병이 드는 것이었다. 그렇게 한 일주일 정도 다리를 절룩거리며 걸어다녔고, 그 뒤로는 절대로 달리기를 중간에서 포기하지 말자고 결심했다. 일단 끝까지 달리는 게 중요하다는 말은 바로 그런 의미다. 도중에 포기하면 완주했을 때보다 더 몸이 아프고 기분이 나빠진다.

하지만 매일 달리다 보면, 손가락만 까딱해도 되는 정도의 운동인데도 하기 싫을 때가 찾아온다. 정말이지 손가락도 까딱하기 싫은 것이다. 어제가 그런 날이었다. 계획된 거리를 반 정도 달렸는데, 더 이상 뛰고 싶지 않았다. 컨디션이 좋지 않았다. 보통 때는 다 뛰고 난 뒤에도 천천히 달려서 집으로 돌아가지만, 어제는 힘없이 걸어서 돌아갔다. '제대로 하지 않으면 안 한 것이나 마찬가지야', 그런 마음으로 스스로 자책하는데, 뭔가 발끝에 차이더니 데굴데굴 굴러갔다. 주워 보니 밤톨이었다. 벌써 가을인 것이다. 그런데 밤이 뭐랄까 좀 다르게 생겼다. 묘사하자면, 음, 울퉁불퉁한 표면에 반쯤은 껍질이 채 형성되지도 않았다. 위쪽에는 거친 표면 사이사이에 하얀 먼지가 묻어 있었다.

그 밤을 손에 쥐고 돌아와 책상 위에 얹어 놓았다. 그냥 제대로 익지 않은 밤이라고 말하고 싶은 마음이 굴뚝같지만, 여름 내내 나무에 매달려 있다가 나름대로 익었다고 생각해서 바닥에 떨어진 녀석인데, 그렇게 말하기는 좀 미안했다. 그러니까 제대로 익지 않았다기보다는 제 방식대로 익었다고 말해야겠다. 그럼 이 녀석의 방식대로 익는 건 어떻게 익는 것일까? 밤을 뚫어져라 쳐다보면서 묘사할 방법을 찾고 있는데 그런 생각이 들었다. 우리도 모두 나름의 방식대로 시간을 보내는 게 아니겠는가? 할 일 리스트에 빼곡하게 적힌 해야 할 일들을 하지 못한 사람으로는 우리를 제대로 설명할 수 없지 않을까? 그럼 우리를 어떻게 설명하면 좋을까? 내 인생도 책상 위에 올려놓고 한동안 쳐다보고 싶다.

이건 믿음의 문제가 아니라
사실의 문제

고등학교 시절에 나는 빛의 속도로 우주를 향해 떠난 아인슈타인을 생각할 때면 늘 애잔한 기분에 젖었다. 아인슈타인은 당시의 나와 비슷한 나이의 소년일 때 이미 "내가 광선을 타고 가면 세상이 어떻게 보일까?"라는 의문을 품었다고 한다. '비행기를 타고 날아가는 것보다는 훨씬 빠르게 세상의 풍경이 지나가겠지.' 뭐, 그 정도가 상식적인 생각이리라. 하지만 아인슈타인은 만약 자기가 빛의 속도로 날아간다면, 시간은 정지할 것이라고 추측했다. 그게 바로 상대성이론의 시작이었다. 그 이야기를 읽고 난 뒤, 나를 둘러싼 세상은 완전히 바뀌었다.

아인슈타인의 설명은 다음과 같다. 빛의 속도로 비행이 가능한 우주선을 시청 시계탑 앞의 발사대에 세운 뒤, 무지하게 잘 보이는 망원경을 우주선 꽁무니에 장착한다. 그다음에는 모든 시민들이 참석한 가운데 성대한 환송 행사를 마치고 발사식을 거행한다. 카운트다운이 끝나면, 마침내 우주선은 빛의 속도로 우주의 저편으로 날아가리라. 하지만 우주는 넓고 여행은 길겠지. 빛의 속도로 날아가든, 거북이의 속도로 기어가든 조만간 외로운 아인슈타인은 향수병에 걸릴 테고, 그럴 때마다 무지하게 잘 보이는 망원경으로 고향을 바라보겠지.

그러면 그 망원경으로 뭐가 보일 것 같은가? 우주 저편으로 떠난 자신일랑 잊어버리고 일상생활에 몰두하는 가족들의 모습일까? 아니다. 밤마다 자신이 그리워 잠 못 드는 애인의 침실일까? 아니다. 그 망원경으로는 영원히 발사 순간만 보인다. 카운트다운을 하다가 '제로'에 멈췄던 바로 그 순간. 그래서 우주선이 빛의 속도로 날아가기 시작한 바로 그 순간만이 정지된 사진처럼 보일 뿐이다. 아인슈타인이 어디를 가든, 무엇을 하든, 빛의 속도로 움직이는 한 망원경으로는 그 장면만을 볼 수 있을 뿐이다.

이유는 간단하다. 우리가 보는 것들은 빛의 속도로 우리 눈에 들어오기 때문이다. 지구에 있는 한, 우리는 언제나 8분 전의 태양을 볼 수 있을 뿐이다. 태양에서 출발한 빛은 8분 뒤에나 지구에 도착하니까. 그러니 어느 날 갑자기 태양이 사라진다고 해도 우리에게는 8분의 시간이 남아있을 것이다. 만약에 태양 없는 세상을 견딜 수 없다면 우리는 빛의 속도로 날아가는 우주선을 타고 마지막 햇살을 따라 우주 공간 저 멀리로 날아가면 된다. 그렇다면 태양은 사라지지 않고 우리와 함께 영원할 것이다.

우리의 삶에서 일어난 일들도 마찬가지다. 우리가 빛의 속도를 따라잡을 수 있다면 우리는 과거에 일어난 일들을 또다시 목격하게 되리라. 우리 인생에서 일어난 모든 일들은 그런 식으로 우리와 함께 영원할 수 있으리라. 그렇게 아인슈타인의 상대성이론에 대한 이야기, 마치 우화와도 같은 그 이야기를 듣는 순간 나는 내가 더 이상 외롭지 않아도 된다는 사실을 깨달았다.

우주라는 공간은 나무의 나이테와 비슷하게 생겼다. 우주의 제일 가장자리에는 우주가 만들어지던 순간의 광경이 담겨 있을 것이다. 안쪽으로 들어오면서 우리는 우주의 역사를 모두 보게 되리라. 그 어디쯤에는 은색 표지의 아인슈타인 전기를 읽고는 이 삶에서 내가 사랑한 모든 것들은 영원히 이 우주 안에서 나와 함께 있으니 이젠 외롭지 않아도 된다고 생각하는 소년의 모습도 담겨 있을 것이다.

그 전기를 읽으며 나는 천문학자가 되기를 간절히 소망했지만, 결국 그 꿈은 이뤄지지 않았다. 지금의 내가 되기까지 나는 수많은 좌절과 슬픔과 절망을 겪었다. 그동안 내가 사랑했던 몇몇 사람들은 영영 내 곁을 떠났고 또 죽기도 했다. 이런 인생은 무의미하다고 생각한 적도 숱하게 많았다. 바깥쪽에서 지구를 향해 돌아오면서 나는 그런 순간들을 다시 보게 되리라. 어쩌면 이 세상에는 나 혼자뿐이라고 생각했던 순간도 보게 되리라. 그런 내게 소년 아인슈타인의 의문은 절망과 외로움과 슬픔을 바라보는 새로운 눈을 뜨게 해 준 셈이었다. 더구나 이건 믿음의 문제가 아니라 사실의 문제라고 아인슈타인은 확실히 말했으니까.

여름의 첫 번째 숨결

잊히지 않는 여름들이 있다. 1983년의 여름도 그중 하나다. 그해에 나는 중학생이 됐다. 2월, 진학할 학교 배정을 받기 위해서 6년간 다닌 초등학교를 찾아갈 때는 인생을 다 산 것 같은 느낌이 들었는데, 중학교 신입생이 되자 이건 새로운 막이 올라간 느낌이었다. 반 아이들은 물론이거니와 책상이며 칠판이며 심지어는 분필까지도 낯설었다. 잘 모르는 동네의 아이들도 모두 한 반이었는데, 흡사 화성인, 목성인 들과 동급생이 된 것과 비슷했다. 지구인이 난생처음으로 다른 별들의 주민들과 생활한다면 매일 어떤 일들이 벌어질 것인지 그 시절에 나는 모두 경험했다. 그들은, 모르긴 해도, 아마, 매일 싸울 것이다. 적어도 남자라면.

우주적인 비유를 들었지만, 결국 중학교 1학년 1학기 교실은 원숭이 우리와 비슷하다. 서열을 정하기 위해서 그들은 매일 원숭이들처럼 싸움을 벌인다. 3월 초에는 싸움을 잘하는 아이들끼리 서로 기선을 제압하기 위해 싸움을 벌인다. 월말이 되면 이젠 중간 순위의 아이들끼리 싸우면서 서열을 정한다. "애들은 싸우면서 크는 거야"라고 어른들은 말하지만 그건 다 뻥이다. 애들은 싸우면서 서열 정하는 법과 복종하는 법을 배운다. 아마도 어른들은 자란다는 것은 질서에 복종하는 법을 배우는 것이라고 생각하는 것인지도 모른다. 나는 일찌감치 그 대열에서 물러났다. 물러났다기보다는 탈락이라는 말에 가깝겠다. 싸우는 것도 싫었고 복종하는 것도 싫었다. 하지만 그런 나 역시 1983년 3월에는 누군가와 뒤엉켜 교실 바닥을 굴렀다. 그건 쓰나미와 같은 것이라 좋은지 싫은지, 뭐 그런 개개인의 의사를 일일이 물어보지 않는다. 그저 휩쓸고 지나갈 뿐.

그렇게 봄이 끝나 갈 무렵이 되자, 중학교 1학년 교실은 조용해졌다. 말하자면 질서가 잡힌 것이다. 싸움은 서열도 정했지만, 동급생의 성향을 파악하는 데도 도움이 됐다. 어떤 애는 용감했고, 어떤 애는 비겁했다. 어떤 애는 현명했고,

어떤 애는 멍청했다. 그중에 나는 한 친구를 좋아하게 됐다. 그건 그로부터 3년쯤 뒤에 알게 된 바, 여자애를 좋아하는 감정과는 미묘하게 달랐다. 그건 아마도 그애처럼 되고 싶다는 느낌에 더 가까웠다. 그 아이를 중심으로 마음이 맞는 친구들 몇몇이 동아리를 형성했다. 싸움을 통해서 질서를 익히는 것보다 나는 그 방식이 더 좋았다. 성격과 취향이 비슷한 친구들에게서 아주 많이는 말고, 조금만 다르게 세상을 보는 방식을 배우는 일. 누구나 마찬가지겠지만, 나 역시 나를 완전히 바꾸는 일에는 능하지 못했다. 하지만 조금씩 변하는 일은 늘 환영이었다. 그래서 나는 나와 비슷한 인류를 늘 사랑했다.

Epic45란 영국밴드의 노래 중에 'Summer's First Breath'란 곡이 있다. 심장박동 같은 드럼 소리로 시작하는 노래다. 여름의 첫 숨결이 시작될 무렵, 나뭇잎 사이로 비치는 햇살을 찬미하는 듯한 노래다. 처음 그 노래를 들었을 때처럼, 1983년 그 여름을 떠올리면 가슴이 설렌다. 그해 여름이 시작되고, 장마가 지나가고, 그러는 동안에도 우리는 시내에서 다리를 건너가면 나오는 그 중학교에 꼬박꼬박 다녔다. 반년 새 우리는 초등학생의 티를 말끔히 벗었다. 남자들만의 학교를 다닌다는 게 무슨 의미인지 우리는 완전히 깨달았다. 그러던 어느 오후, 우리는 자전거를 타고 집으로 돌아가고 있었다. 기억나진 않지만, 무척이나 무더운 날이었을 것이다. 그래서 다 같이 냇물에서 수영하자는 얘기가 나왔겠지. 당연하게 수영복 같은 걸 들고 다니는 애는 없었다. 나를 포함해서 몇 명이 팬티를 붙잡고 잠시 망설이긴 했지만, 결국에는 모두 벗어 버리고 물로 뛰어들었다. 경부선 철교 아래의, 상대적으로 물이 깊은 곳이었다. 그 차가운 물의 느낌은 지금도 생생하다. 1983년 여름의, 내 몸을 감싸던 시냇물.

그로부터 2년 뒤. 고등학교 입시를 위해 야간자습을 마치고 돌아가는 길에 내가 남몰래 좋아했던 그 친구를 따라 다시 다리 밑으로 간 일이 있었다. 어두운 밤이었지만, 시내 쪽의 불빛이 밝아서 오히려 나는 어두운 줄을 잘 몰랐다. 그 2년 동안, 그 친구는 1년여 고아원 애들에게 괴롭힘을 당하다가 마침내 그 애들 중의 대장과 하루 종일 싸워서 승리를 거뒀다. 학교에서 싸움을 제일 잘하게 되자, 그 친구는 나와는 완전히 다른 길을 가게 됐다. 다른 학교 애들이랑 어울려 다니며 여자애를 사귀었다. 내게는 여전히 다정했지만, 나와는 전혀 다른 사람이 됐다. 나를 다리 밑에까지 데려간 그 애는 다른 친구들과 함께 담배를 나눠 피웠다. 빨간 불들이 눈에 보였다. 그 친구는 내게 피우겠느냐고 물었다. 나는 싫다고 대답했다. 그러자 어둠 속의 아이들이 껄껄 웃었다. 그 어둠 속에서, 아마도 시냇물은 계속 흘렀으리라. 눈물이 나올 것만 같은 밤이었다.

물렁물렁한 고무 마음의
지옥훈련

여름은 도대체 어디로 가 버렸을까? 그 열기는, 햇볕은, 더위는 어디로 가 버렸을까? 두 바퀴를 달린 뒤, 이마에서 떨어져 콘크리트 바닥을 검게 물들이던 땀방울을 내려다보던 시간들은 이제 다시 한 해가 지나야만 내게 찾아올 것이다. 고등학교를 졸업한 뒤로 언제나 계절은 이렇게 '벌써' 가 버린다.

계절이 바뀔 즈음이면 방송에서 나오는 일기예보에 자주 귀를 기울인다. 일기예보는 예컨대 이런 내용이리라.

"아침에는 안개가 끼고 서늘하겠습니다. / 서쪽에서 비구름이 몰려와/ 시야가 흐려지겠습니다. / 도로는 미끄럽겠습니다."

이런 문장으로 시를 쓴 사람은 1996년 노벨문학상을 수상한 폴란드의 시인 비스와바 쉼보르스카다. 계절이 바뀔 때면 방송에서 흘러나오는 일기예보를 그대로 옮겨 시로 만드는 사람은 진짜 시인일 수밖에 없다고 고개를 끄덕이게 된다.

달리기를 하면 누릴 수 있는 장점 수백 가지 중에서 이즈음에 가장 즐길 만한 일은 이렇게 변화하는 날씨다. 방송을 보면 지난여름에 비해 낮 기온이 6도 정도 떨어졌다고 나와 있지만, 달려 보면 그 6도의 변화가 어떤 것인지 온몸으로 느낄 수 있다. 단지 6도가 떨어진 것뿐인데도 나는 이보다 더 즐거운 달리기는 없다고 생각한다. 달리다 보면 이제 땀은 당분간 생각하지 않아도 좋겠다는 느낌도 들고. 하지만 이제부터는 바람을 등지거나 안고 달리게 될 것이라는 예감도 든다. 나를 둘러싼 모든 것이 다 바뀌었다. 그걸 온몸으로 받아들이면 된다.

매일 1시간씩 달리게 되면 인생을 압축적으로 맛보게 된다. 1시간 동안의 달리기는 간단하게 구성돼 있다. 부담을 안고 슬슬 달리기 시작한다. 한동안은 그 속도에 몸을 적응시킨다. 그다음에는 달리기를 즐긴다. 조금씩 힘들어지기 시작한다. 그런 몸의 변화에 맞춰 나의 생각도 바뀐다. '아휴,

또 달려야만 하는 것일까? 정말 달리길 잘했군. 아아아, 너무 힘들어. 오늘은 여기서 그만 뛸까? 결국 끝까지 왔군. 달리기를 정말 잘 했어.' 달리기를 하는 사람의 몸과 마음에서는 순간순간 조금 전의 자신을 배반하는 생각들이 오간다. 1시간 동안, 나는 수많은 '나'로 분리됐다가 다시 원래의 '나'로 돌아온다.

그런 점에서 달리기는 내가 얼마나 변화무쌍한 존재인가를 느끼게 해 준다. 시종일관 물러섬이 없는 용맹한 자세로 1시간을 달린다는 게 내게는 불가능하게 보인다. 나의 몸은 물론이거니와 내 마음마저도 그처럼 물렁물렁하다. 어떨 때 내 마음은 고무로 만들어진 것처럼 느껴진다. 그래서 나는 '지옥훈련' 같은 단어만 들어도 지레 겁을 낸다. 하지만 그런 고무 마음으로도 매일 1시간 정도는 달릴 수 있는 것이다. 달릴 때마다 나는 지옥과 천당을 오간다고 얘기하는 뜻이 바로 여기에 있다. '오늘은 안 뛰었으면 좋겠다'라고 생각하는 바로 그 몸으로 한 시간을 뛰면 누구나 지옥과 천국을 차례로 맛보게 된다.

이제 달리면서 그런 고무 마음에 대해 명상하기에 더없이 좋은 계절이다. 자연이라는 건 얼마나 무정하고도 야속한 존재인가? 좋은 순간들은 영원히 내 곁에 머물고, 나쁜 순간들은 쏜살같이 나를 스쳐 과거 속으로 사라지면 좋겠으나 그런 일은 일어나지 않는다. 내가 원하든 원하지 않든 계절은 알맞은 속도로 변한다. 계절은 오직 변해 갈 뿐이다. 마치 고무 마음을 가진 나처럼 자연은 변심에 변심을 거듭한다. 하지만 바로 그 순간, 예컨대 달리기를 하러 나갔다가 중간에 갑자기 쏟아진 비를 맞고 허둥지둥 집으로 돌아가는 그 순간, 나는 어쩌면 물렁물렁한 이 마음이, 하루에도 수십 번씩 변심하는 이 마음이 자연과 가장 흡사한 형태가 아닐까 생각하게 된다.

그다음에는? 그다음에는 뭘까? 우리는 모두 변해 가기만 하는가? 그렇게 변해 가다가 결국 죽어서 사라지게 되는 것일까? 그럼 이 삶의 의미는 무엇일까? 그렇다면 다시 시집을 펼쳐 보자. 쉼보르스카의 〈끝과 시작〉. 거기 293페이지에 '고문'이라는 시가 있다.

"아무것도 변하지 않았다. / 육신은 고통을 느낀다. / 먹고, 숨 쉬고, 잠을 자야 한다. / 육신은 얇은 살가죽을 가졌고, / 바로 그 아래로 찰랑찰랑 피가 흐른다."

이렇게 시작한다. 이 시의 마지막 연은 다음과 같다.

아무것도 변하지 않았다.

강물의 흐름과 숲의 형태, 해변,

사막과 빙하를 제외하고는.

낯익은 풍경들의 틈바구니 속에서 작은 영혼이 배회한다.

사라졌다 되돌아오고, 다가왔다 멀어진다.

스스로에게 낯설고, 좀처럼 잡히지 않는 존재.

스스로 알다가도 모르는 불확실한 존재.

육신이 존재하는 한, 존재하고 또 존재하는 한,

영혼이 머무를 곳은 어디에도 없다.

왜 제목이 고문일까? 고문하는 사람들은 육신을 가진 자들이라면 결국 변심할 수밖에 없다는 걸 알기 때문에. 세상 모든 것은 바뀌리라는 걸 알기 때문에. 하지만 그럼에도 변하지 않고 남는 찌꺼기 같은 게 있다. 그 찌꺼기 같은 게 고통으로 변심한 자들을 구원한다. 구원은 굴하지 않는 강철 같은 인간의 마음이 하는 게 아니다. 인간들이 모두 변하고 난 뒤에도 찌꺼기처럼 변하지 않고 남아 있는 얼룩 같은 게 우리를 구원한다. 그걸 일러 영혼이라 할지도 모른다.

호수가 얼어 붙은 날의 문장들

벌써 며칠째 기온이 급강하하고 눈이 내리는 바람에 달리기는커녕 산책도 잘 못하고 있다. 나의 달리기 코스인 호수공원의 호수는 완전히 얼어 버렸고, 그 위에 다시 눈이 내리는 바람에 하얀색, 그저 하얀색뿐이다. 대리석을 깔아 놓은 곳을 잘못 디디면 몸이 휘청거린다. 그런 나를 바라보며 깔깔대듯이 바람이 귀를 스치고 지나간다. 이건 한 걸음 내디딜 때마다 조심해야만 하는 세상이지, 달리는 세상이 아니다.

하는 수 없이 집으로 돌아와 이것저것 책을 꺼내서 읽어 본다. 그나마 책이 있어서 다행이다. 제아무리 폭설이 쏟아진다고 해도 책은 읽을 수 있으니. 피아니스트 러셀 셔먼이 쓴 〈피아노 이야기〉. 거기에 피아노 페달에 대한 찬사를 담은 다음과 같은 문장이 나온다.

"페달은 놀라운 일들을 한다. 짧은 것과 긴 것, 안정된 것
과 변덕스러운 것, 흰 것과 검은 것, 피라미와 청새치, 나뭇
잎과 나뭇가지, 원자와 대기권, 점과 선, 선과 원 등 서로 대
조적인 것들의 진로를 나란히 만들 수 있다. 이 모든 것이 페
달의 주의 깊은 아량과 분별력에 의해 실행되고, 확대되고,
삭제되며, 기적적으로 그 모습을 드러낸다."

나는 책에서 읽은 문장을 삶에 금방 적용한다. 나는 문간
에 있는 운동화를 바라보며 이렇게 생각한다. 운동화는 놀라
운 일들을 한다. 더운 여름과 추운 겨울, 낙엽과 새순, 하얀
눈과 검은 비, 뜨거운 햇살과 선선한 바람, 땀과 눈물 등 서
로 대조적인 것들의 진로를 나란히 만들 수 있다. 아, 달리기
란, 우리가 평생 하는 일이란 그런 것이다. 언뜻 보기에 서로
다르게 보이는 것들의 진로를 나란히 만드는 일.

그다음에는 퀘이커교도 필립 한든의 〈소박한 여행〉이라는
책이 있다. 노란색 표지의 투박한 책이다. 이 책에는 그동안
이 세상을 살았던 사람들이 가지고 있었던 물건들의 리스트
가 나온다. 먼저 일본의 하이쿠 시인 바쇼가 여행을 떠나면
서 몸에 지녔던 물품들.

"추운 밤에 대비해 창호지로 지은 옷. 감물을 들이고 구겨져 부들부들해진. 얇은 면옷. 우비. 문방사우 등등. 차마 두고 오지 못한, 벗들의 이별 선물들. 한시도 그를 떠나지 않은, 불안과 고뇌."

그가 쓴 리스트들은 그대로 시가 된다. 페루 오지의 원주민 마을 푸에르토 오코파를 찾아가는 미국의 영화 제작자 월 베이커의 장비 목록은 다음과 같다.

"침낭, 모기장, 나일론 끈, 성냥과 양초, 벌채용 칼, 스위스칼, 여벌 바지, 셔츠, 양말, 취사도구, 사진기, 노트, 필름, 펜 여러 자루, 사전과 지도 여러 장, 치약, 칫솔, 브러시, 면도기, 비누, 수건, 비옷, 구급약 일습, 건포도와 견과류, 차, 밀짚모자." 그리고 "물통, 벌채용 칼." 후자는 거기서 만난 원주민 여행자의 장비 목록이었다.

나 역시 내가 소중하게 여기는 물품들의 목록들을 적어 본다. 양쪽 벽면을 가득 메우고도 남아서 바닥에 쌓여 있는 책들, 아직 한 번도 들어 보지 못한 노래가 수두룩한 시디들, 세 개의 MP3, 오디오 세트, 간편하게 라디오를 듣기 위한 리시버, 쉴 때마다 연습하기 위해서 사 놓은 두 대의 기타…….그럼에도 내가 충분히 가지지 못한 건 바로 시간. 책을 읽을 시간, 음악을 들을 시간, 기타를 칠 시간, 달릴 시간. 나의 리스트는 시가 되지 못할 만큼 길지만, 그럼에도 충분한 시간만은 거기에 없다는 점에서 다 읽고 나면 교훈적인 시는 될 듯도 하다.

이 리스트는 얼마나 줄어들 수 있을까? 1915년 어니스트 헨리 새클턴 경이 이끄는 '제국 남극 횡단 탐험대' 대원 스물일곱 명은 얼음 속에 갇혔다. 대원들은 사지에서 벗어나고자 1톤짜리 썰매에 실은 구명정 두 척을 끌어 유빙을 헤쳐 나가려던 참이었다. 새클턴은 대원들에게 필요한 장비만 챙기고 나머지는 다 버리라고 했다. 하지만 새클턴은 하나를 더 챙겼다. 그건 알렉산드라 왕비가 면지에 헌사를 적어서 탐험대에 하사한 성경책에서 뜯어낸 욥기의 한 페이지.

"얼음은 뉘 태에서 났느냐. 공중의 서리는 누가 낳았느냐. 물이 돌같이 굳어지고 해면이 어느니라."

이 추운 겨울, 방 안에 누워서 책을 뒤적이다가 내가 뜯어내는 것은 〈헬렌 니어링의 지혜의 말들〉 244페이지, 아래쪽 문장.

"톰슨 씨 부부가 찾아왔어요. 눈과 진눈깨비, 서리, 매서운 바람에도 불구하고."

이 말은 〈펀치〉라는 만화 잡지에서 헬렌 니어링이 찾아낸 구절이다. 도서관의 희귀 장서 열람실을 찾아다니며 헬렌 니어링은 이런 말들을 모았다. 대개 이런 모습이다. 담당자가 문을 열어 줄 때까지 기다린다. 조명은 어슴푸레하고 정적은 손에 잡힐 듯하다. 그녀는 손에 연필만 들고 있다. 그러다 문이 열리면 마치 어머니의 뱃속으로 들어가듯이 안으로 들어가 옛날 책을 찾아 읽으며 문장을 수집한다.

"뉴잉글랜드의 기후는 세계에서 가장 훌륭하다. 거친 날씨와 찌는 듯이 무더운 날씨, 흐릿한 날씨, 얼음 벌판에 빛이 반사되어 비치는 듯한 누르스름한 날씨가 있으면, 또한 화창하게 맑은 날씨, 덥지도 춥지도 않은 완벽한 날씨도 있다."

어떻게 이런 일이 가능할까? 나는 이걸 써먹어 본다. 30대 후반은 인생에서 가장 훌륭한 시절이다. 끝없이 일어나는 일들과 당장 어딘가로 사라지고 싶은 욕망, 암울하고 불안한 앞날, 외로움에 견딜 수 없을 것만 같은 퇴근길의 나날이 있으면, 또한 이보다 더 좋을 수 없을 것만 같은 밤들, 내일의 일들이 기대되는 완벽한 나날도 있다. 아, 그렇구나. 훌륭하다는 말의 참된 의미는 그런 것이었구나. 그러므로 지금 달리지 않고 이렇게 누워서 빈둥대는 나 역시 훌륭한 러너의 하나로구나.

그녀가 옮겨 적은 문장 하나 더.

"설거지를 좋아하는 척하는 사람은 아무도 없다. 우리가 냄비와 그릇들을 참아 내는 것은 오직 기독교인으로서의 관용 덕택이다. 그렇지만 요리는 고급 예술이다."

그러므로 나는 이렇게 말할 수 있다. 힘든 걸 좋아하는 사람은 아무도 없다. 우리가 근육통과 지루함을 참아 내는 것은 오직 러너로서의 관용 덕택이다. 그렇지만 달리기는 고급 예술이다. 그리고 다시 한 번 더. 절망을 좋아하는 척하는 사람은 아무도 없다. 우리가 고통과 슬픔을 참아 내는 것은 오직 인간으로서의 관용 덕택이다. 그렇지만 삶은 고급 예술이다.

대화 없이도 우리가 함께
있을 수 있다면

이번(2010년) 겨울은 하도 춥고 눈이 많이 내려서 3월이 된다고 한들 날씨가 풀리지 않을 것 같았다. 하지만 자연은 늘 제때에 자기 할 일을 하는 모양이다. 설이나 추석 정도여야지 한 시기가 넘어간다고 생각했지, 우수가 이렇게 중요한 절기인 줄도 이번에 처음 알았다. 우수가 지나고 나니 우리 동네에서 일산의 공연장인 아람누리로 넘어가는 산길이 녹아내려 온통 질척거렸다. '우수가 지나면 산길이 젖는구나.' 그런 감상이 절로 들었다. 하지만 젖은 건 산길뿐이 아니어서 저동초등학교 운동장도 젖었고, 봄비에 나뭇잎도 젖었고, 금메달을 딴 뒤에 울어 버리는 김연아를 보는 내 마음도 젖었다. 그렇게 젖는 게 많아서 봄이 온 줄로 알았다고 말하면 되려나.

지금은 신발을 다 버리게 만들 정도로 질척거리는 길이지만, 초봄부터 늦가을까지 나는 아람누리로 넘어가는 그 작은 산길을 즐겨 걸어 다녔다. 그 길에는 풀밭이 있고, 나무가 있고, 새들이 있다. 그 길을 걸어 다니면서 나는 상상놀이를 한다. 그 야트막한 언덕길을 나만의 정원이라고 상상하는 일이다. 그래서 거기로 가면 곧장 길을 따라 걷지 않고 여기저기 훑어본다. 어디 이상하거나 잘못된 곳이 없는지 살펴보는 셈이다. 하지만 그 길은 나뿐만 아니라 많은 주민들이 정발산으로 올라가는 길이기도 하다. 그래서 길을 걸어가다 보면 사람들과 자주 마주친다. 나는 반갑게 그들에게 인사한다. 마치 그들이 우리 집 정원에 놀러 온 사람들인 양.

아람누리도서관에 갈 때마다 나는 그 길을 걷는다. 산길을 나만의 정원이라고 생각했듯이 나는 아람누리도서관을 내 서재라고 상상한다. 기온이 영하로 떨어지던 지난겨울에는 그 서재에서 추위를 피해 가면서 잘 지냈다. 햇살이 들어오는 창가에 앉아 있으면 입고 있는 스웨터가 갑갑하게 느껴질 정도였으니 그보다 더 좋은 피한지가 없었다. 물론 여름이 되면 아람누리도서관은 좋은 피서지가 된다. 아람누리도서관에서는 한가롭게 서가 사이를 오가면서 흥미가 가는 대로 이런저런 책을 꺼내서 읽는 일이 많다. 아무런 계획 없이 책을 읽기 때문에 아람누리도서관에서 책을 읽는 일은 발견 행위라고도 말할 수 있다. 발견의 독서를 위해 되도록 아는 저자의 책이나 명저라고 일컫는 책들은 빌리지 않았다.

가장 최근에 발견한 책은 〈은근한 매력〉이라는 책이었다. 부제는 '내성적인 사람이 성공하는 자기관리법'이었다. 아마도 도서관에서 발견하지 않았다면 절대로 읽지 않았을 책이었다. 부제로 판단하건대 이건 내성적인 사람을 잘 사회화시켜서 다른 사람들과 어울릴 수 있는 정상인으로 만드는 책일 가능성이 99.9퍼센트라고 생각했기 때문이었다. 내게는 어떤 선입견이 있었다. 세상을 살아가는 데 내성적인 성격은 좋지 않은 것이라고. 잘 살아가려면 다른 사람들과 잘 어울려서 지내야만 하는 것이라고. 그래서 그 책 역시 그런 방법들을 소개하는 책이라고 생각했다.

그럼에도 나는 그 책을 빌렸다. 펼쳐 읽은 몇몇 구절이 마음에 끌렸기 때문이기도 하고, 아람누리도서관에서는 평소에는 안 읽을 만한 책도 주저없이 빌리기 때문이기도 했다. 여차하면 바로 반납할 생각으로 큰 기대 없이 책을 펼쳤다.

결론적으로 그 책은 지금까지 내가 읽은 중에서 가장 나를 잘 말해 주는 책이었다. 어릴 때부터 나는 내가 내성적인 사람이라는 걸 알고 있었지만, 책을 읽고 나서야 내성적인 성격이라는 게 정확하게 어떤 것인지에 대해서는 한 번도 진지하게 생각해 보지 않았다는 걸 알게 됐다. 그 이유는 내성적인 성격을 부정적으로 여겼기 때문이었다.

이 책을 쓴 로리 헬고에 따르면 내성적인 사람이란 혼자서 산길을 걸어 다니면서 우수가 지나면 어떤 변화가 있는지 관찰하는 사람이었다. 그는 얼어 붙은 초등학교 운동장이 언제 녹는지 그 날짜까지 알고 있을 확률이 높았다. 외향적인 친구들은 그가 우수에 대해서 말을 꺼내면 봄과 관련한 더 많은 정보들을 떠들어 대겠지만.(하지만 내성적인 사람들은 그런 정보들은 하나마나한 이야기라고 생각한다.) 나는 맞장구를 치며 이 책을 읽었다. "맞아, 맞아. 나도 그래."

그 책을 읽다가 내가 왜 아람누리와 그 주변을 그토록 마음 편하게 여기는지 알게 됐다. 아람누리와 그 주변은 혼자 있어도 하나도 이상하지 않은 공간이기 때문이다. 바로 그런 이유로 나는 세상의 모든 도서관을 좋아한다. 내가 제일 난감하게 여기는 경우는 도서관에서 누군가 말을 걸 때다. 그릴 때면 어쩔 줄 모르고 당황한다. 어떻게 대답해야만 할지도 모르겠다. 그냥 "여기선 안 돼요"라고 말하고 싶은 심정이다. 다른 사람들이 책을 읽고 있으니 시끄럽게 얘기해서는 안 된다는 말이기도 하지만, 실제로 그 말은 도서관에는 나 혼자 있고 싶어서 왔으니까 나한테 말을 걸어서는 안 된다는 뜻이기도 하다.

공연장 역시 내게는 혼자 있어도 하나도 이상하지 않은 공간이다. 도서관과 달리 공연장에는 혼자 가는 사람이 많지 않을 것이다. 대개 존경하거나 사랑하거나 친밀한 사람들과 함께 간다. 그렇지만 종이 울리고 일단 공연이 시작되면 객석의 관객들은 모두 혼자가 된다. 서로 이야기를 주고받으며 공연을 볼 수 없다는 게 어떤 사람들에게는 불만일 수 있겠지만, 내게는 축복에 가깝다. 존경하거나 사랑하거나 친밀한 사람들끼리 서로 대화를 나누지 않고도, 서로 각자의 생각에 잠긴 채로도 함께 있을 수 있다는 사실만큼 아름다운 광경은 없다고 생각한다. 도서관이나 공연장을 나와서도 우리가 그렇게 존재할 수 있다면 정말 대단할 것이다. 그게 바로 내가 꿈꾸는 삶이다.

겨울다운 겨울이었던 지난 1월에도 한 번도 듣지 않았던

슈베르트의 가곡들을 우수가 지나서야 듣고 또 듣고 있는 중
이다. 이건 또 무슨 심사인지 모르겠다. 이제 곧 꽃이 필 테
고, 꽃이 피고 나면 그뿐, 2010년 겨울은 이제 다시 돌아오
지 않는다는 사실이 아쉬워서일까? 마음이 끌리는 대로 몇
권의 책을 빌려서 가방에 넣고 이어폰으로 리처드 용재 오닐
의 'Winter Journey'를 들으며 야트막한 언덕길을 넘어서 집
으로 돌아온다. 이제 그 길은 혼자 걸어도 괜찮은 길이라기
보다는 혼자 걸어야만 좋을 길이 된다.

질문의 소년,
그리고 20년이 흐른 뒤

고등학교 2학년 시절이었던 모양이다. 그러니까 1987년의 일. 그해 6월은 엄청나게 시끄러웠다. 내가 살았던 김천은 경상북도의 작은 도시여서 데모 같은 게 거의 일어나지 않았음에도 그때만은 예외적으로 우리 가게 앞에서 데모가 벌어졌다. 하도 신기한 일이어서 데모하는 사람보다 둘러싼 전경과 그들을 구경하는 사람들이 더 많았다. 그러다가 6.29 선언이 나오면서 세상이 한 번 바뀌었다. 학교에서도, 거리에서도, 사회에서도 곧 다른 세상이 찾아올 것 같다는 그런 예감. 아마도 사춘기를 막 빠져나와 사회적 눈을 뜨고 있던 시기였기 때문에 내게 그런 느낌은 더했던 것 같다.

그즈음에 나는 매일 밤 자정에 시작하는 '전영혁의 음악세계'라는 FM음악방송에 빠져 있었다. 야간자습을 끝내고 집에 가면 11시. 야참을 먹고 나서 새벽 2시까지는 읽고 싶었던 책을 마음껏 읽었다. 당시 내게는 우리가 살아가는 이유는 도대체 무엇인가는 질문이 가장 큰 고민이었다. 니체, 전태일, 전혜린, 라즈니쉬, 크리슈나무르티, 황지우, 김남주 등 닥치는 대로 책을 읽었다. 그런 책을 읽을 때, 내게 벗이 되어 준 게 바로 그 음악방송에서 흘러나오던 노래들이었다. 오산나, PFM, 발렌슈타인, 클라투, 르네상스 같은 밴드의 노래들. 그중에서도 가장 1987년을 떠올리게 하는 노래는 뉴트롤즈의 '아다지오'였다. 나중에 그들의 음반을 구하기 전까지 나는 방송에서 나오던 노래를 테이프에 녹음해서 들었는데, 얼마나 재생했는지 그 테이프는 너덜너덜해졌다.

그 곡들은 소도시에 사는 내게 다른 세상의 이야기를 들려줬다. 나는 모든 게 궁금했다. 말하자면 질문의 소년. '나는 왜 태어났는가? 이 우주에도 끝이 있는가?' 그런 질문은 너무 엄청나서 나로서는 감당할 수 없었다. 반면에 어렵지 않은 질문도 있었다. '이탈리아란 어떤 나라일까? 거기에도 나 같은 소년이 있어서 이런 음악을 듣고 있을까? 그 소년은 커서 무엇이 될까?' 하지만 그런 질문마저도 내게는 해결할 수 없는 난제처럼 여겨졌다. 나는 서울도 몇 번 가 보지 못한 아이였다. 나는 이탈리아를 도저히 상상할 수 없었다. 하물며 내 미래를 예측하는 건 불가능했다. 답답함. 쳇바퀴를 도는 듯한 학교생활은 여전히 갑갑했고, 소도시 고등학생의 삶 역시 마찬가지였다. 한 번인가, 친한 선생님에게 학교를 그만두겠다고 말했다가 혼자 후회하기도 했다. 오직 현악만이, 'Concerto Grosso no.2'에서 흘러나오는 현악만이 내게 무언의 위로를 들려줬다. 괜찮다고. 질문만 존재하는 삶이라도 아무런 문제가 없다고.

그리고 많은 세월이 흘렀다. 20년하고도 조금 더. 나는 오래전에 고향을 떠나 이제는 경기도 일산에 정착했다. 늘 어떤 사람이 될까 궁금했는데, 어느 틈엔가 스스로 소설가라고 생각하는 나를 발견하게 됐다. 소설가가 되리라고는 단한 번도 생각해 본 일이 없었는데 말이다. 그러다가 이번 가을(2009년)에 뉴 트롤즈가 집에서 5분만 걸어가면 나오는 아람누리에서 공연한다는 소식을 듣게 됐다. 나의 놀라움이란. 20여 년 전만 해도 내게 이탈리아는 우주의 끝보다도 훨씬 더 먼 곳에 있었다. 이탈리아 프로그레시브라는 말만 들어도 나는 그 시절의, 연원을 찾을 길 없는 노스탤지어를 떠올린다. 위안이 되어 주던 그 현악의 음들. 그런데 그 사람들이 내가 사는 동네로 와서 공연한다고 한다. 해서 나는 이번가을을 손꼽아 기다리게 됐다. 가을이 되면 아이와 손을 잡고 야트막한 언덕을 넘어서 내게 위로가 되어 줬던 이탈리아 밴드의 공연을 보러 가야겠다. 방금 쓴 이 문장. 20여 년 전,그 질문의 소년은 미래의 자신이 이런 문장을 쓸 수 있으리라고는 절대로 믿지 못했겠지. 이런 게 우리가 사는 세상이라면, 가능하면 오래도록 살고 싶다는 생각이 든다.

내가 아닌 다른 존재가
될 수 있을까

참 적성에 맞지 않는 일이라고 지금은 생각하지만, 어렸을 때만 해도 나는 말 그대로 골목대장이었다. 골목. 그러니까 우리 가게가 있던 역전을 중심으로 반경 0.5킬로미터 남짓한 공간이 내가 아는 세상의 전부였다. 그 세상을 지키기 위해 우리는 다른 골목의 아이들과 수없이 싸움을 벌였다. 무기는 주로 연탄재였다. 왜냐하면 골목에는 연탄재가 제일 많았으니까. 나는 아이들에게 연탄을 통째로 던지지 말라고 수없이 얘기했다. 무거운 것들은 멀리 날아가지 않으니까. "일단 연탄을 발로 부숴 손아귀에 쏙 들어오는 크기로 만든 다음에 던져." 그러나 너댓 살짜리들은 아직 그런 사실을 잘 몰랐다. 코흘리개들.

그런 코흘리개들을 데리고 시청이 있는 언덕 너머까지 간 적이 있었다. 끝없이 이어진 골목이 나를 유혹했다. 우리가 아는 세계의 끝에 있는 모퉁이를 지나 계속 걸어갔다. 언덕 을 넘어가자, 낯선 동네가 나왔다. 너무나 먼 곳이어서 우리 와는 한 번도 연탄재 싸움을 벌여 본 적이 없는 아이들이 나 왔다. 그 아이들은 우리와 전혀 다른 종족들이었다. 초등학 교에 입학한다고 해도 우리와는 다른 학교에 입학할 아이들 이었다. 신기한 것도 있었다. 그 동네의 구멍가게에서는 우 리 동네에서는 볼 수 없는 딱지들을 팔고 있었다. 불과 몇십 분만 걸어가니 완전히 딴세상이었다. 나는 신이 나서 먼 곳 을 향해 걸었다.

그때 코흘리개 중 하나가 울음을 터뜨렸다. 그 녀석은 길 을 잃어 집에 돌아가지 못할까 봐 겁이 났던 것이다. 앞장서 던 내가 곧 큰길이 나올 테고 그러면 곧장 우리 동네로 갈 수 있을 것이라고 말했지만, 그 녀석은 내 말을 믿지 않았다. 더 상황이 나쁜 것은 그 녀석 때문에 다른 애들까지 동요하기 시작했다는 점이었다. 주춤거리다가 다들 집으로 돌아가겠 다고 말했다. 둥근 가장자리를 따라 온통 별을 박아 놓은, 그 래서 별의 숫자로 딱지 따먹기를 한다면 백전백승임에 틀림

없는 딱지를 손에 들고 나는 절규했다. "저기까지 가면 또 무슨 딱지가 나올지도 모르는데 여기서 돌아가자는 말이얏!" 내 절규에 다들 고개를 끄덕였다. 우리 동네 쪽으로 걸어가면서 나는 자꾸만 뒤를 돌아다봤다. 기역자로 꺾인 골목길이 점점 눈에서 멀어졌다.

세월이 흐르자, 그 코흘리개들도 자랐다. 어느 초겨울, 집 앞에서 놀고 있는데, 한 녀석이 내게 죽은 사람을 본 적이 있느냐고 물었다. 물론 나는 본 적이 있다고 대답했다. '전설의 고향'에서. 그러자 녀석이 시시하다는 듯이 "전설의 고향에서 본 것 말고"라고 얘기했다. 진짜 시체? 녀석은 두말하면 잔소리라는 듯 그렇다고 대꾸했다. 주위에서 놀던 아이들이 모두 모여들었다. "어디서? 어디서 봤는데?" 녀석에 따르면 역전 팔각정 옆에 시체가 있다고 했다. 우리는 하던 놀이를 다 멈추고 역전으로 달려갔다. 아니나 다를까, 팔각정 옆에는 어른들이 모여 있었다.

우리는 뒤에 서서 어른들 사이로 고개를 내밀고 쳐다봤다. 시체 위에는 가마니가 덮여져 있었다. 사람들은 그 시체의 주인공이 중국인이라고 말했다. 6.25 때 포로로 잡혔다가 돌아가지 못한 중공군이라는 그럴싸한 말도 들렸다. 개죽음.

고향 떠나서 유랑하다가 죽었으니 개죽음이라고 어른들은 말했다. 그 시체를 좀 더 가까이에서 보려고 어른들 사이를 뚫고 앞으로 나갔을 때, 어른들이 아이들을 쫓았다. 아이들은 귀신이라도 본 듯 소리를 지르며 도망쳤다. 하지만 나는 입도 벙긋하지 못했다. 나는 뛰어가면서도 고개를 돌리고 그 시체 쪽을 쳐다봤다. 기역자로 꺾인 골목길을 뒤돌아볼 때처럼. 거기에는 뭔가 다른 것이 있었다. 분명히.

그날 나는 왜 자꾸 그 시체가 보고 싶었던 것일까? 그러다가 얼마 전(2005년) 일본 교토에 갔을 때, 그 정확한 답을 알게 됐다. 교토에는 비가 내리고 있었다. 나는 절을 구경하고 철학자의 길이라는 곳을 걸어가고 있었다. 철학자의 길은 완연한 일본풍의 길이었다. 길의 양옆으로는 에도시대에나 볼 수 있었을 것만 같은 골목길들이 늘어서 있었다. 그 골목길 앞에서는 시간도 무의미할 것 같았다. 일행이 있었음에도 나는 그런 골목이 나타날 때마다 걸음을 멈추고 그 길을 따라 조금 걸어갔다가는 다시 돌아오곤 했다. 그 순간, 이국의 소도시에서 얼어 죽은 그 중국인 시체 생각이 났다. 개죽음. 반경 0.5킬로미터 안에서 사는 사람들이 보기에는 개죽음에 불과한 그런 운명. 나를 유혹하는 골목길을 따라가면 아마도 나 역시 그런 운명에 처할지도 모른다.

그 골목길들이 내게 무슨 말을 하는지 나는 안다. "네가 네가 아닌 다른 존재가 될 수 있을까"라고 그 골목길들은 내게 묻는다. 그 물음은 그 모든 운명을 무화시켜 버린다. 잡지를 펼치면 맨 뒤에 이달의 운세가 나온다. 거기에는 이번 달에는 애정운이 최고조에 달했으니까 그나 그녀에게 프러포즈를 해도 된다거나 아무래도 휴가철이니까 분위기를 바꿔 보기 위해 여행을 계획하라는 등의 얘기가 있을 것이다. 하지만 휘어져 그 끝이 보이지 않는 골목길들에 마음이 빼앗긴 뒤부터 나는 운세를 들여다보지 않는다. 운세라는 건 반경 0.5킬로미터 안에서만 살아가는 사람들에게나 필요한 것이다. 자신이 아닌 다른 존재가 되려고 하는 사람에게는 운세 따위는 하나도 중요하지 않다. 중요한 것은 갈 수 있느냐, 없느냐 둘 중 하나를 선택하는 일이다.

일본에서 신사에 들렀을 때, 일본인 친구의 권유로 재미 삼아 소원을 빌었다. 주택가 옆 작은 신사를 빠져나오는데 일본인 친구가 무슨 소원을 빌었느냐고 내게 물었다. 나는 더 많은 일들이 내게 일어나기를, 그리고 그 일들을 있는 그대로 받아들일 수 있게 되기를 원했다고 대답했다. 예컨대 어떤 일이냐고 그 친구가 내게 물었다. 말하자면 예측할 수 없이 변하는 날씨처럼, 늘 살아서 뛰어다니는 짐승들처럼, 잠시도 쉬지 않고 바람에 흔들리는 갈대들처럼. 그처럼 단 한순간도 내가 아는 나로 살아가지 않기를, 그러니까 내가 아닌 다른 존재로 살아갈 수 있는 사람이 되기를 바란다고. 나를 사로잡는 것들이 있으면 그 언제라도 편안한 자리에서 일어나 떠날 수 있기를 바란다고.

아직까지도 나는 세상에 대해서 잘 알지 못한다. 시간이 지나가면 지나갈수록 더 궁금해지기만 한다. 아마도 내가 세상에 대해 가장 많은 것을 알았던 시절은 골목대장 노릇을 하던 여섯 살 그 무렵이었을 것이다. 역전을 중심으로 반경 0.5킬로미터 안에서 살아가던 그 무렵, 나는 우연히 끝없이 이어지는 골목길로 들어가게 됐다. 그 골목길의 끝에서 나는 얼어 죽은 중국인 부랑자의 시체를 보게 됐다. 시체는 내게 이렇게 말했다. "네가 아닌 다른 존재가 될 수 있니?" 그건 그때까지 내가 들어 본 질문 중에서 가장 무서우면서도 매혹적인 질문이었다. 그리고 세상에 대해 많은 것을 알게 됐다고 믿을만한 나이가 된 지금, 내게 그런 생각을 조금도 하지 못하게 만드는 질문이기도 하다.

5장

......

더 많은 공기를,
더 많은 바람을

지금 이 순간, 당신의 심장이 뛰고 있다면,
그건 당신이 살아 있다는 뜻이다.
그 삶을 마음껏 누리는 게 바로 우리가
해야 할 의무이고 우리가 누려야 할 권리다.
우리는 그렇게 만들어졌다.

오래 달리거나
깊이 잠들거나

　지난(2010년) 5월, 모 방송사 프로그램을 촬영하기 위해서 남아프리카공화국에 갔었다. 이국의 풍물을 소개하는 프로그램이어서 몇 가지 큰 주제가 있었는데, 두 번째는 차를 타고 다니며 야생의 동물들을 관찰하는 사파리였다. 사파리라고 해서 무슨 동물원 같은 걸 떠올리면 좀 곤란하다. 아프리카의 국립공원이라는 건 경상북도 정도 되는 넓이다. 국립공원이라기보다는 보호구역에 가깝다. 아프리카 땅에는 사람뿐만 아니라 동물들도 지분을 가지고 있다. 공원은 인간이 야생동물들과 공존하기 위해 만든 영역이므로 그 땅의 주인은 동물이다. 사파리는 이 사실을 인정하면서 동물들을 관찰하는 일이다.

하지만 막상 사파리를 시작하면 그런 수준 높은 생각은 들지 않는다. 조금이라도 많이, 조금이라도 오래, 조금이라도 가까이 야생동물을 관찰하려는, 여지없는 관광객의 마음이 생긴다. 그래서 사파리 용으로 개조된 4륜구동 차량을 타고 들판으로 나가자마자 사자는 어디 있느냐고 연신 물어보게 마련이다. 동물들의 흔적을 보고 행방을 추측하는 트래커는 관광객들이란 으레 그런다는 사실을 잘 알고 있는 듯, 사파리는 동물원의 동물들을 구경하는 일이 아니라는 사실을 강조한다. 그들만 볼 게 아니라 그들을 둘러싼 자연 전체를 관찰하라고 말한다. 하지만 돈 내고 사파리를 하는데, 그런 느긋한 마음이 들 리가 없다. 당장 사자나 기린을 보지 못하면 내가 왜 그런 곳에서 시간을 낭비하는가는 생각이 든다.

그렇게 세 번 사파리를 했다. 많은 동물을 봤지만, 아쉬움은 남았다. 똥도 봤고, 발자국도 봤지만, 결국 사자를 보지 못했기 때문이었다. 야생에서 살아 있는 사자를 보는 건 쉬운 일이 아니라고 트래커가 말했다. 그럴 것도 같았다. 그럼에도 아쉬운 건 아쉬운 것이었다. 마지막 순간까지 우리가 아쉬워하자, 남아공 관광청에서 나온 안내인이 비행기 타기 전에 한 번 더 사파리를 할 기회를 마련하겠다고 말했다. 한 번 더 사파리를 한다고 해서 사자를 볼 수 있다는 보장은 없었지만, 우리는 기뻤다. 그렇게 해서 크루거 국립공원을 떠나기 전, 마지막 날 아침에 우리는 한 번 더 사파리를 하게 됐다.

그날은 무척이나 아름다운 날이었다. 하늘은 푸르렀다. 아침 햇살은 물론 뜨겁다. 어쨌든 거기는 아프리카니까. 하지만 바람은 불에 타다만 종잇조각처럼 빳빳하게 말라 있었다. 건기의 바람이어서 그렇다. 뜨거운 햇살과 건기의 바람이 만나면, 닫힌 마음도 열리는 모양이었다. 지프에 올라타고 들판으로 나가는데 절로 귀가 열리고 눈이 열리고 코가 열렸다. 세 번의 사파리를 하는 동안, 트래커에게 수없이 들은 이야기가 바로 그 이야기였다. 조그만 소리에도, 움직임에도, 주변의 색깔에도 모두 깨어 있는 것, 그게 바로 사파리라는 것. 사자나 기린이 중요한 게 아니라. 그날 아침에 나는 트래커의 그 말을 완전히 이해했다. 야생을 경험한다는 건 감각적 세계를 실시간으로 느낀다는 뜻이었다. 그렇게 온몸이 깨어나는 경험을 하다가 나는 내가 기나긴 터널을 빠져나오고 있다는 사실을 깨달았다.

그 터널로 들어간 건 아마도 작년 2월경이었을 것이다. 그

때는 몰랐지만, 지금 돌아보니 그렇다는 얘기다. 일어나지 않았으면 참 좋았을 일들이 그때부터 내 주위에서 많이 일어났다. 열심히 운동하면 병에 걸리지 않는 게 정상적이지만, 그렇지 않은 경우도 굉장히 많다. 또 착한 사람들보다 나쁜 사람들, 모두들 싫어하는 정말 나쁜 사람들이 더 오래, 그리고 잘산다. 굳이 말하자면 그런 식의 일이었다. 인생은 가끔씩 그렇게 아무리 해도 안 되는 불합리의 터널 속으로 들어간다.

그날 아침, 내 몸의 감각이 완전히 열리기 전까지 나는 1년여 그렇게 불합리의 터널 속에서 허우적대고 있었던 것이다. 그러다가 나는 깨달았다. 내가 지금 이 순간 일어나는 일들에 귀를 기울이고 냄새를 맡고 형태와 색을 바라볼 수 있다면, 지금 이 순간에 집중할 수 있다면, 두려움과 공포와 절망과 좌절이 지금 이 순간에는 존재하지 않는다는 사실을 알 수 있다는 걸. 내 절망과 좌절은 과거에 있거나, 두려움과 공포는 미래에 있다는 걸. 지금 이 순간에는 오직 지금 이 순간의 감각적 세계뿐이라는 걸.

한국에 돌아와 나는 한동안 신지 않던 나이키 러닝화를 꺼냈다. 첫날 나는 10킬로미터를 달렸다. 오랜만에 달리는 것이라 힘들었다. 1킬로미터를 달리는 데 걸린 시간이 6분 정도였다. 힘도 들었고, 숨도 찼다. 하지만 나는 다시 몸으로 이 세계를 받아들이기 시작한 것이다. 달리기를 하는 이유는 절망과 좌절, 두려움과 공포가 거기 없다는 걸 확인하기 위해서다. 거기에는 오직 길과 바람과 햇살과, 그리고 심장과 근육과 호흡뿐이다. 터널에서 빠져나와 나는 다시 땀과 거친 숨결의 세계로 귀환한 것이다. 한 달에 200킬로미터 이상을 달리는 대신에 숙면을 보장하는 단순한 삶이 나를 환영했다.

그린존으로 속도를
낮추십시오

"제가 선택한 삶, 타인의 자리가 거의 없는 삶이요, 사람들 대부분이 서로를 엮고 지내는 그런 관계라는 것이 전혀 없는 삶이라면, 그런 고립된 삶을 살면서까지 쓰고 싶었던 글을 실제로 쓸 수 있을 때만 납득이 되겠죠. 그런 삶의 조건이 고난이었다고 말하는 건 잘못된 표현일 거예요. 제 속의 무언가가 자연스럽게 저를 그런 부대낌에서 비껴나게 했고, 우연적이고 설명할 수 없는 현실보다는 의도적으로 만들어 낸, 의미가 충만한 허구를 선호하고, 다른 사람의 논리와 흐름에 제 생각을 맞춰야만 하는 고된 소통보다는 형체를 알 수 없는 자유를 선호하게 했죠."

최근에(2011년) 니콜 크라우스의 소설 〈그레이트 하우스〉

를 읽는데, 이런 구절이 나왔다. 전적으로 동감했다. 물론 자유를 선호해서 작가가 됐는지, 작가가 되고 나니 자유를 선호하게 됐는지는 헷갈리지만. 나는 작가의 삶과 달리기가 유사하다고 늘 생각해 왔는데, 그것은 '다른 사람의 논리와 흐름에 제 생각을 맞춰야만 하는 고된 소통'이라는 부분 때문인 것 같다. 다른 사람들과 보폭을 맞춰 가면서, 또 그 사람의 이런저런 사정을 봐 가면서 함께 달린다는 것은 불가능하기 때문에 달리기 역시 자유를 선호하는 운동일 수밖에 없다.

그래서……, 그래서 다 좋고 괜찮기는 한데, 문제는 인터벌 훈련이다. 인터벌 훈련이란 일정한 시간 동안 속도를 바꿔 달리면서 지구력을 기르는 훈련법이다. 예를 들어서 4분 동안 빨리 달리고, 1분 동안 천천히 달리는 것을 네 번 반복하는 식이다. 코치가 있다면 이 훈련을 하는 건 그다지 어렵지 않다. 옆에서 스톱워치로 시간을 체크하면서 신호를 주면 되니까. 하지만 혼자서 이 훈련을 하는 건 좀 애매하다. 빨리 달리는 게 실제로 빨리 달리는 것인지 스스로 파악하기는 쉽지 않기 때문이다. 이럴 때, 진정한 훈련이란 나를 객관적으로 바라보는 연습이라는 걸 깨닫는다.

어디 그런 코치 없을까? 그런 고민을 한 사람이 나뿐만은 아니어서 코치 역할을 할 수 있게 만든 게 바로 심박계다. 심박계를 가슴에 두르고 달리면 이 기계는 심박수를 수집한다. 내가 빨리 뛰면 심장도 빨리 뛴다. 그래서 심박계는 심박수를 기준으로 영역을 설정한 뒤, 내가 그 영역을 이탈하면, 즉 내 심장이 더 빨리 뛰거나 더 천천히 뛰면 속도를 높이거나 늦추라고 경고음을 보낸다. 예를 들어 4분 동안 빨리 달리라는 걸 심박계의 언어로 번역하면 4분 동안 최대 심박수의 70~80퍼센트 정도의 속도로 달리라는 뜻이다. 그래서 심박계는 내 심박수를 모니터하다가 70~80퍼센트 사이를 벗어나면 경고음을 울린다. 이 경고음을 코치의 조언으로 여기고 빨리 뛰거나 천천히 뛰면 된다. 이런 심박계 코치 기계의 결정판은 아디다스의 마이코치인 것 같다. 이 기계는 최대심박수를 설정할 필요도 없고, 보폭센서를 교정할 필요도 없다. 그저 신발에 보폭센서를, 가슴께에 심박센서를 부착하고 평가운동을 한 뒤, 사람의 음성으로 들리는 조언을 들으며 뛰면 된다. 인터벌 훈련을 하는데 시계조차 필요없다. 그저 속도를 높이라는 말이 들리면 속도를 높이고 낮추라는 말이 들리면 낮추면 된다.

최근에 오해를 받아 마음이 상하는 일이 생겼다. 보통 때는 달리기하면서 별다른 생각을 하지 않는데, 그 생각을 자주 했다. 그런데 이상한 일이지, 내 생각이 조금만 격렬해진다 싶으면, 이 기계 속의 남자는 "그린존으로 속도를 낮추십시오"라고 말하는 것이었다. 흥분하니까 심장이 빨리 뛰고 발걸음이 빨라졌나 보다. 그래서 '그래, 그러지 말자'고 생각한다. 그렇게 또 얼마간 달리다 보면, 또 괘씸하다는 생각이 든다. 그러면 또 어김없이 그 목소리는 내게 속도를 낮추라고 말한다. 달리면서 몇 번 그런 목소리를 듣고 나서 생각했다. 생각하는 대로 모든 게 바뀌는구나. 흥분하면 심장은 빨리 뛰고, 발걸음도 빨라지고. '괜찮아, 별일 아니야'라고 생각하면 또 모든 게 달라지고. 기계도 그걸 아는데, 다른 사람이 그걸 모를 리는 없을 것이다. 생각은 결국 내 몸을 통해 다 드러나는 것, 그러니 내가 무슨 생각을 하는지 아무도 모르리라고 생각해서는 안 되는구나. 그런데 그 사람은 왜 나를 오해했을까? 장님인가? 눈 떠도 안 보이나? 이렇게 또 흥분하면 그 목소리가 말한다. "속도를 낮추십시오." 그래서 매일 듣다 보면, 그건 인생의 조언 같기도 하다.

자신을 비난하지 않는 일에
중독되다

미국의 심리학자인 윌리엄 글라써는 인간에게는 술, 도박, 마약 등과 같은 해로운 중독 현상이 있는 반면에 바람직한 중독 현상도 있다는 것에 주목해 〈긍정적 중독〉이라는 책을 펴낸 바 있다. 글라써는 긍정적 중독에 해당하는 일들을 찾아내기 위해 다음과 같은 여섯 가지의 기준을 제시했다.

1) 자발적으로 매일 1시간 정도의 시간을 투자할 수 있는 동시에 경쟁적이지 않은 일.
2) 누구나 쉽게 할 수 있으며 숙달되기 위해 정신적으로 노력하지 않아도 되는 일.
3) 혼자서도 할 수 있고 여럿이 같이 할 수도 있지만, 다른 사람

에게 의존하지 않아도 되는 일.

4) 행할 만한 신체적, 정신적 가치가 있다고 믿는 일.

5) 자기 자신만이 그 일의 성과를 판단할 수 있는 일.

6) 스스로 비판하지 않고 몰입할 수 있는 일.

이 글을 읽는 독자들은 분명히 이 여섯 가지 조건에 해당하는 일이 어떤 일인지 알 것이다. 맞다. 바로 달리기다. 하지만 글라써로서는 그래도 확신이 들지 않았던 모양이다. 예컨대 글라써가 찾은 사례 중에는 세계적인 마라톤 선수인 이언 톰슨의 다음과 같은 말도 있었는데도 말이다.

"E.M. 포스터는 노 젓는 사람들에 대한 소설에서 그들은 모든 운동선수들이 궁극적으로 도달하는 초월 상태에 이르렀다고 말했다. 달리기를 할 때도 그런 일이 일어난다. 자기 자신을 잊어버리고 달리기 그 자체가 되는 일 말이다. 훈련하면서 나는 이 사실을 깨달았다. 운동화를 신고 몸을 움직이는 그 순간부터 나는 즐거워진다. 그건 상호작용적인 황홀감이다. 나는 행복하기 때문에 달리고 달리기 때문에 행복하다. 이 과정을 통해 나는 가장 순수한 나를 만난다. 달리기를 통해 사람들은 자신이 누구인지 깨닫게 된다."

하지만 선수가 아니라 일반인들에게도 달리기가 알코올 중독만큼이나 강한 중독성을 지녔는가에 대해 확신하지 못한 글라써는 조사를 좀 더 진행하기로 하고 1974년 미국의 달리기 잡지 〈러너스 월드〉의 독자들을 대상으로 설문조사를 실시했다. 이 설문조사의 결과, 글라써는 달리기가 긍정적 중독에 해당하는 일이라는 결론을 내렸다. 글라써의 조사에 따르면 개인에 따라 중독되는 기간의 편차는 나타나지만, 다른 해로운 중독 현상과 마찬가지로 일단 중독되고 나면 달리기를 하지 않을 경우 우울증 등의 금단 현상이 나타난다고 한다.

그런데 글라써는 이 설문조사에서 예상했던 것보다 더 큰 충격을 받은 듯하다. 미리 긍정적 중독의 사례로 달리기와 명상을 놓고 설문조사를 실시한 것이기는 해도 그런 답변이 나오리라고는 예상하지 못했던 모양이다. 그러니까 그 설문에 응답한 사람 중 존 로우머라는 마라톤 애호가는 "달리기에 관심은 있으나 선뜻 마음이 내키지 않는 사람들에게는 어떻게 권유하겠습니까?"라는 질문에 이렇게 대답했다.

"나는 모든 사람들이 달리기를 해야만 한다고 생각합니다. 왜냐하면 달리기는 증오심과 공격 성향을 가라앉히고 우리의 자존심을 키워 더 행복하게 만들기 때문입니다. 모든 사람들이 달리기를 하게 된다면 세계는 혁명적으로 바뀔 것입니다. 자동차는 사라질 것이고 어리석은 사치와 억압에서 벗어날 것입니다. 다들 삶에서 중요한 것이 무엇인지를 깨닫게 될 테니 환경은 보존되고 인종차별은 없어질 것입니다."

글라써는 긍정적 중독이란 어떤 경우에도 자신을 비난하지 않고 있는 그대로 받아들이는 마음 상태를 뜻한다고 말했다. 행복하게 되는 것은 아마도 그 때문일 것이며 세계가 혁명적으로 바뀐다는 것도 그렇기 때문일 것이다. 그렇다면 세상 모든 사람들이 달리기를 하게 되면 불화와 전쟁이 없는, 평화로운 세계가 찾아올까? 그건 누구도 알 수 없는 일이겠지만, 적어도 마라톤대회에 참석할 정도로 달리기에 열심인 미국 대통령 부시 혼자서 달리는 것만으로는 세계의 평화를 부르기 어려운 게 분명하다.

조금 있으면(2004년) 그리스에서 올림픽이 시작된다. 미국 올림픽 팀을 지도한 바 있는 브룩스 존슨은 올림픽에서 좋은 성과를 거두기 위해 필요한 게 무엇이냐는 질문을 받고 "선수들이 포기해야만 할 것은 조금의 자유, 국가가 포기해야만 할 것은 두세 기의 MX 미사일"이라고 대답했다. 조금의 자유를 희생해서 그럴 수만 있다면 이번 올림픽에서도 많은 선수들이 좋은 성과를 거뒀으면 좋겠다. 수많은 미사일들이 지구상에서 사라질 수 있도록 말이다.

중력을 거슬러
나를 조금 위쪽으로

　한참 젊었을 때의 일이다. 어쩌다가 보니 좋아하는 여자인데도 그만 헤어지게 됐다. 이 정도는 누구에게나 일어날 수 있을 테니까 뭐 새삼스러울 것은 없다. 그런데 문제는 어느 날, 내가 갑자기 눈물을 줄줄 흘렸다는 점이었다. 그 여자를 생각하고 울었던 것도, 나를 생각하고 울었던 것도 아니다. 다만 시위 도중 전경에게 맞아 죽은 어느 할아버지에 관한 기사를 읽는데 그만 눈물이 난 것이다. 세상에는 여러 종류의 눈물이 있는데, 그건 어처구니가 없는 눈물이었다.

　내가 그 눈물의 의미를 알게 된 것은 남방 불교의 어느 수행법에 관해 들은 뒤였다. 그 수행법은 다음과 같다. 누군가에게 분노가 인다면 그 대상이 아니라 분노에 완전히 몰입한다. 어떤 일 때문에 슬픔을 느낀다면 그 대상이 아니라 슬픔에 몰입한다. 이런 식으로 대상이 아니라 자신의 감정에 몰입하는 법을 익힌다. 그다음에는 그 영역을 확대해 간다. 예컨대 슬픔에 빠진 사람을 보면 옛날 자신이 몰입했던 슬픔을 되새기며 그와 슬픔을 함께하는 식이다.

이런 영역이 삼라만상에까지 뻗어나게 되면 그게 바로 자비심이 된다. 그러니까 옛날 도인들은 나뭇가지 하나 꺾지 못하고 풀벌레 하나 밟지 못한 것이다. 그러니까 실연의 상처로 슬픔에 빠져서 헤어 나오지 못하던 그 시절, 나도 일종의 수행을 하고 있던 셈이었다. 그 슬픔에 너무나 몰입한 나머지 다른 사람의 슬픔에도 쉽게 감염돼 눈물을 흘린 것이다. 하지만 그런 눈물은 오래가지 않았다. 또 다른 연애를 시작했다 다시 실연하면 되겠지만, 언제까지나 그럴 수는 없고. 그렇다면 수행이 필요한 법이다.

내게는 달리기가 수행이다. 우선 언덕이 하나 필요하다. 한 30미터 정도 되는 언덕이면 제일 좋겠다. 처음 그 언덕을 단숨에 뛰어오를 때의 느낌은 그 무엇과도 바꿀 수 없다. 숙명이란 여자대학교의 교명이 아닌가는 생각이 들 정도다. 걸어서 내려가 다시 단숨에 뛰어오른다. 이런 과정을 10번 정

지지 않는다는 말 257

도 되풀이한다. 그러면 조금씩 숙명에는 다른 뜻도 있다는 것을 깨닫게 된다.

점점 횟수가 많아지면서 언덕 오르기는 성스러운 종교적 체험에 가까워진다. 쉼 없이 돌을 굴리던 시지푸스나 골고다 언덕을 올라가던 예수에 비할 바는 아니지만, 언덕에서 나는 인간의 숙명이 무엇인지 확실히 깨닫게 된다. 내가 누구냐면 말이다, 가만히 두면 자꾸만 아래로만 내려가려는 존재다. 언덕 오르기는 내게 주어진 이 숙명을 거슬러 나를 조금 위쪽으로 옮겨 놓는 일이다. 정말 인간이 할 수 있는, 가장 멋진 일이 아닐 수 없다.

15회 정도가 넘어서면 언덕을 오르는 내 온몸으로는 고통이 밀려들기 시작한다. 숨은 금방이라도 막힐 것만 같고 심장은 그 자리에서 터져 버릴 것만 같고 허벅지와 종아리는 그대로 갈라질 것만 같다. 그 지경에 이르면 숙명은 여자대학교의 교명이라는 따위의 생각은 전혀 하지 못한다. 그저 할 수 있는 한, 온몸을 움직여 올라가는 수밖에 없다. 중력의 영향에서 결코 벗어날 수 없는 인간이면서도, 동시에 나는 내가 인간이라는 것을 증명하기 위해 발을 굴린다.

그다음에는 완벽한 고통이 찾아온다. 그때부터 나는 언덕

오르기를 수행한다. 온몸을 사로잡는 고통이 찾아오고 잠시
그 고통이 사라졌다가 다시 고통이 찾아온다. 언덕은 사라지
고 파도처럼 되풀이해서 왔다가 사라지는 고통만이 느껴진
다. 그 고통을 경험해 보면 그 안에 말로 잘 설명하지 못할
감미로움이 숨어 있다는 것을 알게 된다. 완주자들이 결승점
앞에서 느끼는 고통, 그리고 그 안의 감미로움과 대단히 흡
사하다. 그걸 경험한 다음에야 달리기를 그만둔다는 건 있을
수가 없다.

　고통에 관한 한, 보스턴마라톤을 7회나 우승한 클래런스
드마르의 말이 가장 인상적이다. "필사적으로 달려서 고통을
없애 버려라. Run like hell and get the agony over with."
멋진 말이다. 'hell'이란 단어 속에 이미 끔찍한 고통의 의미
가 들어 있으니 달리기로 미리 엄청난 고통을 불러일으켜 자
잘한 고통 따위는 삼켜 버리라는 뜻이 담겼다. 언덕을 향해
최대한 내 몸을 밀어붙일 때, 그리고 그 과정에서 감미로움
을 느낄 때, 나는 러너들이 수행자와 같다고 생각한다. 그들
은 고통마저도 그 자체로 즐길 줄 아는 사람들이니 말이다.

물방울처럼, 유리처럼

살아가다 보면 느닷없이 한 문장이 떠오르면서 그 문장에 꽤 의지할 때가 있게 마련이다. 대학교 1학년 봄쯤이었던 모양인데, 내게 느닷없이 "바다는 비에 젖지 않는다"라는 어느 영화의 대사가 떠올랐다. 자세한 앞뒤 정황은 생각나지 않지만, 어지간히 힘들었(다고 생각했)던 모양이었다. 봄비 내리던 어느 날, 나는 그 말이 도무지 믿기지 않아서, 이 두 눈으로 보기 전에는 결코 믿을 수 없다고 생각해서, 정말 바다는 비에 젖지 않는 것인지 보려고 인천행 전철에 올라탔다.

전철에서 내려 무작정 바다가 있는 곳을 향해 걸었다. 금방 갈 줄 알았는데 공장지대로 난 길을 따라 꽤 걸었다. '도대체 뭣하는 짓이냐?' 그런 생각이 들지 않을 수 없었다. 하지만 정말 바다는 비에 젖지 않는 것인지 확인해 보기 전까지는 돌아갈 수도 없는 노릇이었다. 월미도까지 가서야 나는 진짜 바다는 비에 젖지 않는다는 사실을 알게 됐다. 당연한 말이지만, 바다는 이미 젖어 있었다. 이미 젖어 있는 것은 비에 젖지 않는다. 그러고 보니 내가 좋아하는 성녀 글라라도 그런 얘기를 편지에 쓴 적이 있다. "이미 쓰러진 자를 누가 쓰러뜨릴 수 있으리오?" 월미도에서 돌아와 또 얼마간 씩씩하게 살아갈 수 있게 된 것은 자연스러운 결과였다.

처음 소설을 쓰기 시작했을 때만 해도 나는 귀를 쫑긋 세우고 다른 사람들의 평가에 신경을 썼다. 소설 얘기는 하지 않고 건방지다거나 세상에 너무 화를 내지 말라고 말하는 사람들이 많았다. 간신히 소설에 대한 얘기를 들어 보면 상당히 미안하다는 듯한 표정으로 도무지 무슨 얘기인지 알 수 없다거나 재미없다고 말했다. 그런 말을 듣고 돌아온 날이면 언제나 잠을 설쳤다. 말하자면 나는 비가 내릴 때마다 젖는 사람이었고 누가 건드리기만 해도 쓰러지는 사람이었다. 소설을 잘 쓰고 싶다는 마음은 굴뚝같았으나 그 마음은 너무나 쉽게 허물어졌다. 자신이 하고 싶은 일이 있는데도 그 일을 하지 못하게 되는 경우는 대부분 그런 이유 때문이리라. 마치 사랑하는 여자와는 결혼하지 못하는 소심한 남자처럼.

그렇다면 젖지 않는 방법은, 쓰러지지 않는 방법은 무엇일까? 자신이 가장 소중하다고 믿는 것들을 위해 살아가는 방법은 무엇일까? 그건 나 자신이 너무나 투명해지는 일이었다. 물방울처럼, 유리처럼 투명해지는 일이었다. 스스로 속이지 않는 마음의 상태. 다른 사람에게 들킬까 봐 겁내지 않는 상태. 아닌 것은 절대로 아니라고 말하는 상태. 해 본 사람은 알겠지만, 그건 대단히 가슴이 떨린다. 왜냐하면 거기까지가 자신이 할 수 있는 최대한이기 때문이다. 거기까지 했는데도 안 되는 일이라고 한다면 정말 안 되는 일이니까. 그제야 나는 용기란 한없이 떨리는 몸에서 나오는 힘이라는 걸 알게 됐다. 그게 바로 세상의 모든 영웅들이 한 일이다.

어떨 때 나는 소설을 쓰는 일보다 달리기를 더 좋아한다. 소설을 쓰는 일은 끊임없이 나를 긴장시킨다. '정말 여기까지가 다냐?'고 항상 물어보지 않으면 마음은 곧 '그래, 그 정도면 됐어'라고 말하기 일쑤다. 하지만 달리기는 다르다. 마라톤은 언제나 내게 최고의 능력만을 요구한다. 나 자신을 좀 속이고 대충해서 결승점까지 들어간다, 이런 게 마라톤에는 없다. 결승점에 들어가는 그 순간이 언제나 내가 할 수 있는 최선의 지점이다. 그러므로 그 순간만은 나는 그 누구도 부럽지 않다. 그 누구의 말에도 상처받지 않는다. 그 누구에게도 지지 않는 무적의 인간이다. '최선을 다했다면 그가 바로 챔피언'이란 말은 전국 고속도로 휴게소 화장실마다 붙어 있는 상투적인 말이지만, 그 문장을 볼 때마다 나는 고개를 끄덕인다. 그 상투적인 문장을 이해하려면 대단히 비상투적인 과정을 거쳐야만 한다는 것을 알기 때문이다.

로스앤젤레스 올림픽 마라톤에서 은메달을 딴 아일랜드의 러너 존 트레이시는 "자신을 믿어라, 자신을 알라, 자신을 부정하라, 그리고 겸허해져라"고 말한 바 있다. 달리기뿐만 아니라 삶의 모든 것들은 인간에게 이런 것을 요구한다. 단지 인간은 그 사실을 모르는 척 눈을 감을 뿐이다. 가을 대회를 위해 여름에 연습할 때, 가장 흥분되는 순간은 비가 내릴 때다. 비에 젖을까 봐 겁내는 러너를 나는 도저히 상상할 수 없다. 왜냐하면 그는 이미 땀으로 젖어 있을 테니까. 여름의 러너, 그 역시 비에 젖지 않는다.

몸으로 이 세계를
이해한다는 것

2004년 중국 옌지에 가자, 제일 먼저 눈에 띈 것은 굴뚝이
었다. 굴뚝은 도처에 있었다. 그리고 그 굴뚝에서는 쉬지 않
고 연기가 쏟아져 나오고 있었다. 별로 좋지 않은 징조였다.
그때 옌지는 겨울이었기 때문에 난방으로 인해 매연이 심할
가능성이 많았다. 그건 옌지에서는 달리기가 부적합할 수도
있다는 얘기였으니까.

옌지가 달리기에 부적합한 곳이라는 건 며칠 지나지 않아
사실로 밝혀졌다. 사람들은 달릴 것이라면 헬스클럽의 트레
드밀을 이용하라고 충고했다. 역시 공기가 좋지 않다는 말이
었다. 아침에 일어나니 체조를 하거나 축구를 하는 사람들은
있었지만, 달리기를 하는 사람은 보이지 않았다. 옌지 사람

들은 1,2킬로미터 정도의 거리도 택시를 타고 다녔다. 어쩐지 옌지에서 달리기를 한다는 것은 사치스러워보였다. 한국에서 가져온 운동화는 오랫동안 가방 속에서 나오지 못했다.

그러는 동안, 밤이면 방에 혼자 남은 나는 프랑스인 베르나르 올리비에가 쓴 〈나는 걷는다〉를 아주 천천히 읽었다. 베르나르 올리비에처럼 나도 시간이 많았기 때문이었다. 은퇴할 나이가 되어 기자 생활을 청산한 이 사람은 터키의 이스탄불에서 중국의 시안까지 1만 2천 킬로미터에 이르는 실크로드를 걸어서 여행한 뒤, 이 과정을 세 권의 책에 담았다. 책을 읽으니 어쩔 수 없이 일본 측량의 선구자라고 할 수 있는 이노 타다타카가 떠올랐다.

18세기 일본 사람인 이노 타다타카는 쉰 살이 넘은 뒤, 자신의 발로 일본을 측량한다는 포부를 가지고 15년에 걸쳐서 일본 열도를 걸어 다닌 사람이었다. 총 발걸음 수는 4천만 보, 거리는 34,900킬로미터였다. 사람이 이 세계를 이해하는 방법에는 여러 가지가 있다. 사색을 통해, 명상을 통해, 혹은 대화를 통해. 이노 타다타카나 베르나르 올리비에는 두 발을 통해 이 세계를 이해하려고 든 셈이었다.

1930년대 제국주의 일본은 무력으로 만주를 점령하고 만주국을 세운 뒤, 도쿄에서 만주국의 수도 신경까지 역전 마라톤대회를 개최한 적이 있었다. 그 대회는 제국주의 일본의 영토를 젊은이들의 몸으로 확인시키려는 의도에서 나온 것이었다. 그 당시, 일본 정치인들은 몸으로 이해한다는 게 무슨 의미인지 잘 알고 있었던 셈이다.

몸으로 이해한다는 것은, 머리로 이해하는 것과는 전혀 다른 의미다. 몸으로 이해한다는 것은 경험한다는 얘기다. 경험한다는 것은, 절대로 잊지 못하게 된다는 뜻이다. 베르나르 올리비에는 차를 타거나, 심지어는 자전거를 타고 여행하는 사람들마저도 제대로 여행하는 것이 아니라고 얘기했다. 올리비에는 실크로드를 자기 몸 안에다가 넣으려고 했던 것이다. 그건 일본을 자기 몸으로 재어 보려고 마음먹었던 이노 타다타카도, 식민지의 크기를 젊은이들의 몸속에 각인시키려던 제국주의 일본의 의도와 마찬가지였다.

내게도 달리기는 내가 속한 세계를 이해하는 하나의 방법이다. 나는 그걸 육체의 지리학이라고 부른다. 달리기를 통해 나는 길의 생김새와 각도와 냄새를 경험한다. 달리기를 통해 나는 새들의 지저귐과 사람들의 안색과 바람의 느낌을 경험한다. 그렇게 해서 나는 이 세계가 어떤 곳인지 말로 설명하지는 못하지만, 온몸으로 경험할 수는 있게 되는 것이다.

1984년 시카고마라톤에서 2시간 8분 5초의 기록으로 세계 최고 기록을 경신한 스티브 존슨에게 누군가 무슨 생각이 드느냐고 물었을 때, 그는 이렇게 말했다. "나는 심리학에 대해서는 아는 바 없다. 나는 러너다." 이 얘기를 듣고 러너가 심리학에 대해 아는 바가 없는 사람이라고 생각한다면 "마라톤은 인생의 은유다"라는, 오프라 윈프리의 말을 들려줘야만 할 것이다. 스티브 존슨은 러너란 마음이 아니라 몸이 움직이는 사람이라고 말하고 싶었던 것이다. 머리가 아니라 몸으로 이해하는 사람. 경험의 인간. 그게 바로 러너다.

매연이 아무리 심하다고 해도, 달리기를 하는 게 어색해 보인다고 해도, 거리로 나가 달릴 수밖에 없는 까닭도 여기에 있다. 나는 한 번도 트레드밀을 밟은 적이 없다. 내게 달리기는 언제나 이해와 경험의 문제였기 때문이었다. 적어도 트레드밀을 이해하거나 경험하고 싶은 생각은 전혀 없다. 더구나 이렇게 낯선 고장까지 와서 말이다.

변덕과 변심의 달리기

마라톤을 한다는 사실이 알려지고 나서 내게 "요즘도 달리기를 하십니까"고 묻는 사람들이 많다. 그건 아무래도 소설가와 마라톤이 잘 어울리지 않기 때문에 확인하는 차원에서 묻는 말인 듯하다. 그럴 때마다 나는 사실 그대로 얘기한다. 즉 달리고 있다면 달리고 있다고, 달리지 않는다면 달리지 않는다고. 달리고 있다고 말하면 사람들은 "그래 가지고서야 어째 글을 쓸까?"는 표정을 짓고 달리지 않는다고 말하면 "거봐, 그럴 줄 알았다니까"라는 표정을 짓는다. 소설가로서 달리기를 해서 얻게 된 것이라고는 신문사 체육부를 통해 대형 마라톤대회의 관전기를 부탁받는 정도뿐이니 억울하기 짝이 없다. 관전기라니! 어느 누가 직접 달리지 않고 관전기 따위나 쓰고 앉았겠는가?

어쨌든 그런 순간에도 나는 전혀 흔들리지 않는다. 때로 나는 몇 달씩 달리기를 하지 않는 경우도 있다. "그 정도 인내력으로 도대체 어떻게 풀코스를 완주하시겠습니까?"라고 묻는 사람이 있다면 "마라톤이란 원래 인간 한계에 도전해야 제맛이 아니겠습니까? 그러자면 인내력을 좀 줄여야지요"라고 반문하리라. 물론 농담이다. 여러 차례 말한 바 있지만, 나는 마라톤이 인간 한계에 도전하는 것이라고 생각하지 않는다. 지금은 24시간 마라톤 정도가 인간 한계에 도전하는 운동이라고 보지만, 막상 24시간 마라톤을 완주하게 되면 나는 절대로 인간 한계에 도전했다고 말하지는 않을 것이다. 뭔가를 이겨 내기 위해서 달리는 것은 너무나 시시한 까닭이다. 나는 전적으로 놀기 위해서 달린다. 즐기기 위해서 달린다.

따라서 얘기인즉슨 그렇다. 듣기 좋은 꽃 노래도 한두 번이고 화무십일홍인 것이다. 때로 내게는 전혀 달리고 싶지 않은 순간이 찾아온다. 핑계를 대라면 수많은 핑계를 댈 수 있다. 술을 많이 마셨기 때문에, 감기에 걸렸기 때문에, 몸 상태가 좋지 않아서. 하지만 나는 설사 그런 경우라고 하더라도 그런 핑계를 떠올리지는 않는다. 다만 달리고 싶지 않은 것이다. 내 몸이 달리기를 원하지 않는 것이다. 그건 왜냐하면 내가 살아 있는 존재이기 때문이다. 살아 있기 때문에 나는 가끔씩 그렇게 흔들린다. 흔들리면 나는 그 흔들림을 온전하게 받아들인다. 거기까지도 나는 달리기의 하나라고 생각한다.

봄에 달리기를 하다 보면 수없이 많은 꽃들을 만난다. 그게 경이로워서 힘들다고 생각할 겨를이 없다. 어떻게 겨우내 헐벗은 흐린 빛으로 서 있던 나무들 몸에서 그렇게 아름다운 빛깔의 꽃들이 터져 날 수 있을까? 그 광경을 바라보고 있노라면 이 세계가 얼마나 시시각각으로 변해 가는지, 그리하여 이 세계가 얼마나 생생하게 살아 있는지 알게 된다. 그런 세계 안에서 내가 달린다. 그런 세계 안에서 내가 변하고 있다. 나는 꽃나무처럼 여전히 자라고 있는 셈이다.

마라톤을 해 본 사람이라면 달리는 내내 자신의 몸과 마음이 얼마나 시시각각으로 변해 가는지 잘 알 테다. "마라톤에는 인생의 드라마가 다 들어 있다"고만 말하기에는 그 변화를 다 설명해 주지 못한다. 내가 보기에는 마라톤에는 인간이 겪을 수 있는 모든 변덕과 변심이 다 들어 있다. 천국이었다가 지옥이었다가, 확신에 찼다가 회의했다가, 심지어는 몸이 자기 몸이었다가 남의 몸이었다가. 정신을 차리지 못할 정도다. 삶을 살아갈 때는 때로 행복이 그저 행복하다고 생각하는 정도일 뿐일 때도 있지만, 마라톤을 할 때의 행복은 말 그대로 티 하나 없는 지복의 상태. 온몸과 온 마음이 그 지복의 상태에 완전히 빠져든다. 언제 처음부터 끝까지 그렇게 인생을 살아 본 적이 있을까? 그러니 마라톤에는 인생의 드라마 이상이 담겼다고 말해야 한다.

뉴질랜드의 유명한 코치인 아서 리디어드는 "운동장을 뺑뺑 도는 것만큼 지루하고 신물이 나는 건 없다"고 말했다. 물론 그래서 언덕 훈련 같은 것을 병행하라는 얘기지만, 이 말을 생각할 때마다 나는 고개를 끄덕인다. 한없이 미워해 보지도 않고 누군가를 사랑한다고 말하는 사람을 나는 믿지 않는다. 그것도 한결같이 사랑한다고 말하는 사람은. 그런 경우는 필경 둘 중의 하나다. 사랑하지 않거나 죽었거나.

몸으로 생각하면 그게 시인,
혹은 러너

미국 대통령이던 빌 클린턴이 달리기의 '구루'이자 '철학자 왕'이라고 일컬은 조지 쉬언이란 사람이 있다. 의사였던 이 사람은 45세가 되던 해부터 달리기를 시작해 달리기에 관한 여러 권의 책을 쓴 바 있다. 이 사람이 한 말 중에 잊히지 않는 말이 있다. 바로 몸의 형태가 정신을 규정한다는 말이다. '건강한 육체에 건전한 정신'이라는 말도 있긴 하지만, 그것보다는 훨씬 더 철학적인 얘기다. 건강해야 건전한 정신을 지닐 수 있다는 게 아니라 몸 자체가 생각한다는 뜻에 가깝다.

내가 이 사람의 말에 동조하는 것은 달리기를 해 봤기 때문만은 아니다. 내가 한참 시를 배울 때도 그와 비슷한 얘기를 들은 적이 있었다. 예컨대 내가 금이야 옥이야 아끼는 책

중에 미국 시인 테드 휴즈가 쓴 〈시작법〉이 있다. 학교 다닐 때, 대학로에 있던 동양서림 한 귀퉁이에서 이 책을 찾아내고는 그야말로 눈이 번쩍 뜨이는 경험을 했다. 예컨대 다음과 같은 구절 때문이다.

"우리가 이런 것들을 보고 듣든, 그렇지 않든 별문제가 되지 않는다는 것을 알고 있기 때문에, 진정으로 귀를 기울이거나 진정으로 바라보지 않고 다만 모든 것을 흘려보내는 게 으른 습관을 갖게 된 것이다."

이 책에서 테드 휴즈는 끊임없이 환상이 아니라 경험에 대해 얘기한다. 시는 공상과 몽상으로 씌어지는 게 아니라 온몸으로 씌어진다는 말이다. 습관적으로 보는 게 아니라 처음 보는 것인 양 생생하게 볼 때, 그저 흘리듯 듣는 게 아니라 귀를 기울여 들을 때, 시가 생겨난다는 뜻이다. 시는 어디에나 존재한다. 하지만 자신의 온몸을 모두 던져 우리 외부의 시적인 것을 감지해야만 그 시는 언어로 바뀔 수 있는 것이다. 그러니 몸이 생각한다는 말이 틀리지 않는 셈이다.

나는 상상이란 이처럼 몸이 생각을 다한 곳에서 일어나는 뭔가라고 생각한다. 뭔가를 상상한다는 것은 자기가 몸으로 알 수 있는 것 이상의 것을 본다는 얘기다. 이건 다시 말해서 자기가 어디까지 아는지 몸으로 겪어 본 뒤에야 상상할 수 있다는 얘기다. 자기가 경험할 수 있는 그 끝까지 가면 더 이상 나아갈 수 없는 막막한 벽이 나온다. 상상력이 필요한 시점은 바로 거기다. 앞에 나아갈 길이 많다면 굳이 상상할 필요가 없다. 그냥 앞으로 나아가면 된다.

콜럼부스가 항해한 뱃길을 따라 신대륙에 가는 길이 힘들기는 하겠지만, 벽은 아니다. 라이트 형제가 만든 비행기를 탄다는 게 겁이 나긴 하겠지만 막막하지만은 않다. 누군가 한 번은 했으니까. 하지만 거기서 조금만 더 나아가면 다른 차원의 벽이 보인다. 온몸을 던져서, 정신 번쩍 차리고 남들이 갔던 가시밭길을 몸으로 다 겪고 나서도 넘지 못하는 그 벽에 도달했을 때, 비로소 우리는 상상력의 도움을 받을 수밖에 없다. 몸이 생각을 그친 곳에서, 그러니까 우리는 비로소 상상한다.

인류는 상상력을 통해서 세계를 바꿔 왔다고 하지만, 세계 자체가 변한 것은 없다. 원래 지구가 태양을 돌았으며 석유는 땅속에 묻혀 있었으며 신대륙은 대서양 저편에 있었다. 변한 것은 세계를 감지하는 우리 몸의 체계다. 그러므로 다들 먼저 온몸으로 경험하기를. 온몸으로 수없이 부딪히고 실패하고 좌절하기를. 더 이상 갈 수 없는 데까지 가 보기를. 그곳에 이르렀을 때, 그때 다시 한 번 상상력에 대해 말해 보는 게 좋을 것 같다. 아마 거기까지 갈 수 있다면 왜 상상력으로 인류의 역사를 바꾼 사람들의 전기가 실패담으로 가득한 것인지 이해할 수 있을 것이다.

경계선에서 아픔과 고통을
받아들일 때

출발선에 섰을 때, 내 기분은 하늘을 날아갈 것 같았다. 마음 같아서는 초청 선수들과 함께 맨 앞에서 뛰어나가고 싶었지만, 앞을 가로막고 선 다른 일반 선수들을 보니 거기까지 가는 데만 해도 그간 쌓은 체력이 다 소진될 듯 보였다. 마침내 출발 신호가 울리고 하늘로 날아 올라가는 풍선들을 바라보며 오버페이스만 하지 않으면 된다고 생각했다. 물론 순진한 생각이었다.

나는 절대로 오버페이스를 하는 사람이 아니다. 대회에서도, 삶에서도. 나는 5킬로미터를 27분에 주파하는 사람이다. 나는 하루에 15매의 원고를 쓸 수 있는 사람이다. 그 이상은 절대로 달리지도, 글을 쓰지도 않는다. 그때도 마찬가지였다. 계획대로라면 아무런 문제도 없었다. 마지막에 조금 더 노력하면 4시간 안에 결승점에 들어갈 수 있다고 생각했다. 하지만 나는 한 가지 사실을 몰랐다. 그리고 그건 대단히 치명적인 실수였다.

15킬로미터 지점에서 물을 마시며 나는 'VJ 특공대' 취재팀과 인터뷰를 했다. "목표는 뭡니까"라고 리포터가 물었다. "4시간입니다"라고 나는 대답했다. 지금 생각해 보니 그건 잘못된 대답이었다. 그때는 "완주입니다"라고 대답했어야 했다. 풀코스 첫 출전의 목표는 당연히 완주가 되어야만 한다. 완주란 어떤 경계선을 넘어서는 일을 뜻한다. 그 경계선을 넘어선다는 게 어떤 의미인지 모르는 자가 4시간이니 5시간이니 운운하는 건 아무런 의미도 없는 일이다.

나는 그 경계선을 32킬로미터 지점에서 만났다. 그건 대단히 구체적인 선이었다. 머리만이 아니라 온몸으로 그 경계선이 느껴졌다. 처음에는 왼쪽 무릎의 통증에서 시작했다. 왼쪽 무릎이 허물어지고 나자, 하중이 몰린 오른쪽 발바닥이 더 이상 견디지 못했으며 연쇄적으로 허벅지로, 아랫배로, 심지어는 등으로 통증은 옮겨 다녔다. 그다음부터는 전면적인 거부였다. 실제로 그 경계선상에서 몸이 앞으로 나아가지 않았다. 온 세상이 나와 맞서는 느낌이었다. 모든 과학 법칙은 허물어졌고 중력은 앞에서 뒤로 작용했다.

그리고 4시간 페이스메이커도, 4시간 30분 페이스메이커도, 5시간 페이스메이커도 나를 지나갔다. 말하자면 나는 뒤로 뛰어가고 있는 셈이었다. 내 뒤의 모든 사람들이 나를 지나갔다. 그다음에는 통제가 풀린 자동차들이 나를 지나갔다. 결국 나는 그 경계선을 넘지 못하고 주저앉고 말았다. 러너에게 세상에서 가장 난처한 경우는 처음 5킬로미터를 지나지 않아서 오줌이 마려울 때와 통제가 풀린 35킬로미터 지점에서 회수차량을 기다릴 때다.

살다 보니 장의차를 탈 일도 곧잘 생겼지만, 회수차량 안의 분위기만큼 침울하지는 않았다. 입을 여는 사람은 아무도 없었다. 출발선에서 서로 용기를 북돋우며 격려하던 분위기와는 완전히 달랐다. 40킬로미터 지점에 이르렀을 때, 예의 그 방송사 취재팀이 버스에 올라탔다. "카메라, 치워!" 입을 다물고 있던 사람들이 일제히 성난 목소리로 외치기 시작했다. 나는 혹시 취재팀이 나를 알아볼까 싶어서 고개를 푹 숙이고 있었다. 다행히도 그 분위기에 눌린 취재팀은 금방 버스에서 내렸다.

버스를 타고 결승점에 들어갔을 때, 나는 당장이라도 쓰러질 지경이었다. 정말 온몸이 아팠다. 그게 엄살이라는 것을 안 것은 그 뒤에 몇 번 풀코스를 완주한 뒤의 일이었다. 그다음 몇 번은 그보다 훨씬 더 어렵고 힘든 상황이었지만, 레이스를 포기한 적은 없었으니까. 그리고 그렇게 결승점까지 들어가면 아픔은 씻은 듯이 사라졌으니까. 아이로서 출발선에서 뛰어나와 어른으로 결승점에 들어가는 법을 알게 됐으니까.

에밀 자토펙은 "아픔과 고통의 경계선을 넘어서면서 어른들은 아이들과 헤어진다. It's at the borders of pain and suffering that the men are separated from the boys"고 말했다. 성차별적인 발언이라는 비난에서 벗어날 수 있다면 나는 이 말을 "경계선에서 아픔과 고통을 받아들일 때, 소년은 남자가 된다"고 옮기고 싶다. 흔쾌히 고통과 아픔을 받아들일 수 있는 사람은 많지 않다. 하지만 완주할 때마다 나는 고통과 아픔을 흔쾌히 받아들인다. 그 고통과 아픔의 의미가 무엇인지 잘 알기 때문이다. 내가 이제까지의 삶에서 겪은 고통과 아픔 역시 이해할 수 있게 되는 건 바로 그때다. 누구라도 35킬로미터 지점까지만 가면 이 말을 이해할 것이다.

다시, 벽 앞에서

풀코스를 달리게 되면 필연적으로 벽을 만나게 된다. 그건 체내에 축적된 글리코겐이 모두 소진됐다는 사실을 뜻한다. 머리로는 그 사실을 잘 이해하고 있지만, 달리다 보면 '아, 이제 내가 축적한 글리코겐이 모두 소진됐으니 조만간 피로가 시작되겠군', 이런 생각은 전혀 들지 않는다. 달린다. 신난다. 그리고 어느 순간에 이르면 벽을 만나게 된다. 이게 내가 아는 마라톤의 피로다.

그 벽이라는 것은 대단히 현실적이다. 이 우주의 삼라만상이 모두 나 하나 달리는 것을 막기 위해 나를 반대 방향으로 밀어 대는 듯한 느낌이다. 한 발자국도 더 내디딜 수 없는 상황에 이르게 된다. 그런 상황이 되면 어쩔 수 없이 억울한 마

음이 든다. 운동학자들이 제아무리 글리코겐이 어떻고 포도
당이 어떻고 설명해 준다고 해도 귀에 들어오지도 않는다.
다만 억울한 마음뿐이다. 출발할 때만 해도 정말 좋았는데,
그보다 더 잘 달릴 수 있는 사람은 없었는데, 왜 이런 재앙이
내게 닥친단 말인가.

그런 상황에 처해 "평소에 밥을 두 공기씩 먹을 것을"이라
고 후회하는 러너가 있을 리 만무하다. 경험한 바에 따르면
어쨌든 글리코겐은 소진되게 되어 있다. 우리는 연료를 가득
싣고 출발하는 여객기도 아니고, 연료가 떨어지면 공중급유
를 받을 수 있는 정찰기도 아니다. 마라톤은 절묘하게도 모
든 인간들을 동등하게 만드는 거리만큼 달리는 일이다. 적어
도 근육의 피로에 있어서는 말이다. 그러므로 러너는 절망이
란 희망에서 몇 킬로미터 부족한 상태를 뜻한다는 걸 잘 알
고 있는 자들이다.

이 말은 곧 러너의 가장 친한 친구는 피로라는 것, 러너가
온몸으로 껴안아야만 하는 것은 바로 절망이라는 것을 뜻한
다. 희망으로 가기 위해서는 필연적으로 절망을 받아들여야
만 한다는 사실을 러너는 이해해야만 한다. 대략 35킬로미터
지점에서 결승점 사이에서는 러너들의 마음속에서는 이런

일들이 일어난다. 나는 그 사실을 받아들이기도 했고 또 거부하기도 했다. 교훈적인 얘기를 하려는 것은 아니지만, 받아들였을 때 나는 결승점에 들어갔고 거부했을 때 낙오했다. 교장선생님 말씀 같은 얘기지만, 어쩔 수 없는 일이다.

그런 점에서 나는 피로란 심리학적인 개념이라고 생각한다. 식이요법을 하고 근력운동을 한다고 해서 피로를 이길 수는 없기 때문이다. 35킬로미터 지점에서 내가 생각하는 것은 오직 결승점에 들어갔을 때의 일뿐이다. 옛날에 있었던 일들, 앞으로 해야 할 일들, 약간의 후회, 몇 번의 웃음, 문득 떠오르는 사람 같은 것들은 모두 35킬로미터 이전에서 일어난다. 벽을 만나고 나면 오직 결승점을 생각한 사람만이 결승점에 들어갈 수 있다. 그러므로 우리가 해야 하는 일은 가장 힘든 순간에 희망을 꿈꾸는 일이다. 러너에게 피로란 휴식에서 몇 킬로미터 못 미친 상태를 뜻한다. 피로는 결국 휴식이 될 것이며 절망은 곧 희망으로 바뀔 것이다. 믿기 어려운 일이겠지만, 믿지 않을 수 없다.

〈희망의 원리〉라는 책을 쓴 철학자 에른스트 블로흐는 희망에 대해 이렇게 말했다. "인간이 급진적으로 지향하는 무엇은 어떠한 곳에서도 충족되어 있지 않으며, 어떠한 곳에서도 파기되어 있지 않다. 혼신의 힘을 다하여 촉진시켜야 하는 관심사는 주체의 측면에서 볼 때 진정으로 희구하는 무엇이며, 객체의 측면에서 볼 때 진정으로 희구될 수 있는 무엇이다." 간절히 소망할 때, 그 단단하던 벽은 결국 사라지고 세상의 모든 것들이 그 소망을 이루기 위해 움직이는 것을 보게 될 것이다.

러너는 글리코겐을 남겨 둔 채 결승점에 들어가는 사람이 아니다. 러너는 혼신의 힘을 다해야만 얻을 수 있는 희망을 향해 달리는 사람이다. 러너의 가장 친한 친구는 피로이며 절망이다. 그것들을 끌어안을 때, 우리는 이완과 휴식과 희망의 상태로 들어갈 수 있다. 올 한 해, 그 어떤 상황에 처하든, 그 어떤 일들을 겪든, 자신에 대해 실망하든 절망하든, 피로하든 죽고 싶든, 한 번이라도 결승점에 들어가 본 러너라면 그 사실을 이해하기를. 결승점은 어떤 경우에도 충만한 상태로 들어갈 수 있는 지점이 아니면서 동시에 그 순간의 충만함은 어떤 경우에도 파기되지 않는다. 삶의 희망 역시 마찬가지다.

심장이 뛰는 한,
시간은 무의미

 엘라 핏체랄드와 루이 암스트롱이 함께 부른 노래 중에 'Cheek to Cheek'이란 재즈곡이 있다. 나는 이 노래를 퍽 좋아했다. 그들은 이렇게 노래한다. "천국. 여기가 바로 천국이네. 심장이 어찌나 뛰는지 말도 못하겠네. 우리가 뺨을 맞대고 함께 춤추고 나서야 그게 바로 내가 찾던 행복이라는 사실을 알게 됐다네." 이제 이 세상 사람이 아닌 엘라 핏체랄드와 루이 암스트롱은 천국에 있는 것일까? 거기에서 뺨을 맞대고 춤추고 있을까? 아마도 영원히?

 직선을 그을 수 있을지언정 우리가 직선과 같은 삶을 살지는 못한다. 바다 위에 떠 있는 섬들처럼, 물결 위에 반짝이는 햇살처럼 우리 삶은 저마다 홀로 반짝이는 순간들로 이뤄져 있다. 'Cheek to Cheek'을 부르던 엘라 핏체랄드와 루이 암스트롱은 알고 있었을 테다. 사랑하는 사람과 함께하는 그 순간 속에 우리 삶의 모든 의미가 담긴다는 것을. 천국이란 다른 게 아니다. 심장이 너무나 빠르게 뛰었던 어느 한순간이 영원히 이어지는 일을 뜻한다.

나도 그런 천국을 맛본 적이 있었다. 그날 나는 신도시에 조성된 인공호수 주변을 두 바퀴째 달리고 있었다. 숨이 턱까지 차오르고 종아리가 당겨 오면서 내 심장은 더욱 힘차게 뛰기 시작했다. 그러다가 나는 호수 위에 음력 6월 초닷새의 칼날처럼 날카로운 초승달이 떠 있는 것을 봤다. 초승달 주변의 시퍼런 하늘빛과 노을이 번지는 서쪽의 붉은 하늘빛 사이에 손을 들어 가리킬 수 없는 경계선이 있었다. 바로 그 순간 푸른빛은 곧 붉은빛이었다. 나는 하늘이었고 초승달이었고 호수였다. 엘라 핏체랄드와 루이 암스트롱의 말이 옳았다. 천국은 대단히 빨리 뛰는 심장으로만 맛볼 수 있다.

프랑스의 소설가 파스칼 키냐르는 이런 문장을 남겼다. "다음 여덟 가지가 사랑의 결과다. 사랑은 심장을 빨리 뛰게 하고, 고통을 진정시키고, 죽음을 떼어 놓고, 사랑과 관련되지 않는 관계들을 해체시키고, 낮을 증가시키고, 밤을 단축

시키며, 영혼을 대담하게 만들고, 태양을 빛나게 한다." 조지 쉬언도 이런 글을 남겼다. "그보다 더 잘 뛸 수는 없을 것이다, 이보다 더 좋은 글을 쓸 수는 없을 것이다, 또는 나 자신이나 가까운 사람들을 이보다 더 사랑할 수는 없을 것이다 등등의 생각이 드는 바로 그 순간, 내게는 심장에서 우러나는 소리가 들린다. '부족하다. 부족하다. 심장이 아직 뛰는 한에는 말이다.'"

심장이 뛰는 한에는 우리는 살아 있다. 심장이 뛰는 한에는 우리는 천국에 있다. 나는 천국에 가 본 적이 있는 사람들 몇몇을 안다. 독일의 영화 감독인 베르너 헤어조크는 영화 평론가인 로테 아이스너가 파리에서 죽는다는 소식을 듣고는 "우리는 로테가 죽게 내버려 두어서는 안 된다"라고 말하며 21일에 거쳐 뮌헨에서 파리까지 걸어갔다. 헤어조크는 걷기가 사람을 치유할 뿐만 아니라 세상의 질병도 치료할 수 있다고 믿은 사람이었다.

미국의 에마 게이트우드는 예순일곱 살이 되던 해에 3,500킬로미터에 이르는 애팔래치아 트레일을 처음부터 끝까지 걸어서 종주하고 나서도 두 번 더 그 길을 걸었다. 마르케스의 소설 〈콜레라 시대의 사랑〉에 등장하는 플로렌티노

아리사는 51년 9개월 4일을 기다린 뒤에야 사랑하는 여인 페르미나 다사와 결혼할 수 있었다. 이들은 모두 심장이 뛰는 한, 시간이란 아무런 의미도 없다는 사실을 알고 있었던 사람들이다.

아마도 이번 가을에도 처음으로 풀코스를 완주한 자들이 있을 것이다. 지친 몸으로 결승점으로 뛰어 들어가고 나면 아마도 그 근처의 어딘가에서 쓰러져 하늘을 올려다볼 것이다. 그 순간에는 하늘이 우리 위에 있다는 게 얼마나 기쁜지, 그리고 심장이 빠르게 뛴다는 게 얼마나 놀라운 일인지 깨닫게 될 것이다. 서울올림픽의 영웅 그리피스 조이너가 마흔을 채우지 못하고 죽었을 때, 〈세인트피츠버그 타임즈〉는 "그녀의 삶은 너무나 빨랐다. 삶에서 사라지는 것마저도 그처럼 빨랐다"라고 썼다. 하지만 심장이 뛰는 한, 삶에서의 시간은 아무런 의미가 없다.

뛰지 않는 가슴들,
모두 유죄

뭇 나뭇잎이 다 떨어지고 나면 눈 둘 곳이라고는 침엽수뿐이다. 그나마 겨울 아침 가로등에 가려져 침엽수들의 윤곽은 희미하다. 길 위로는 서리가 내려앉아 발을 내디딜 때마다 조심하지 않을 수 없다. 얇은 옷을 여러 겹 껴입어 몸은 무겁기만 하다. 겨울에는 그저 한 걸음 앞을 바라보면서 달리는 수밖에 없다. 이제 한 해는 다 지나갔다. 내게 남은 시간도 다 지나갔다. 어쨌든 대단한 일이라고 생각하지 않을 수 없다.

달리기를 시작한 뒤로 나는 어쨌든 시간은 흘러간다는 것을 알게 됐다. 위대한 일을 하든, 변변찮은 일을 하든 시간은 흘러간다. 지금보다 조금 더 어렸을 때는 시간이 흐르고 흐르면 과연 내가 어떤 사람이 될까 궁금했었다. 이 삶에 과연

인과관계가 있는 것인지, 만약에 있다면 지금 나는 무슨 일을 해야만 하는지 알고 싶었다. 하지만 지금은 그런 생각을 하지 않는다. 좋은 결과를 얻기 위해 열심히 일하지는 않는다는 말이다. 대신에 나는 매 순간 최선을 다해야 한다고 생각하게 됐다.

살아 본 바에 따르면 삶에는 인과관계가 분명히 존재한다. 아직까지 많은 경험을 해 보지 않아서인지, 아니면 아직도 젊어서 그런지 불교에서 말하는 인과응보까지 이해하는 것은 아니다. 내가 생각하는 인과관계란, 노력의 결과를 그 자리에서 확인하는 즉석복권과 같은 것이다. 지금 이 순간, 최선을 다한다. 그러면 그 보답이 즉각적으로 내게 찾아온다. 서른 살이 넘으면서 나는 그런 경험을 여러 번 해 봤다. 순간마다 최선을 다하면 먼 훗날 큰 보답을 받을지도 모른다. 하지만 그건 부록 같은 것이다. 진짜 최선을 다하면 그 순간 자신에 얻는 즐거움이 얼마나 많은지 알 수 있을 것이다.

그 즐거움이 얼마나 컸던지 지나가고 나면 그 순간들이 한없이 그립다. 내가 하는 행동과 말과 일을 통해서 내가 어떤 종류의 인간인지 보여 줄 수 있다는 것. 한없이 투명해진다는 것. 그 누구 앞에서도 어깨를 움츠리지 않는다는 것. 내게 아무리 많은 돈과 명예를 가져다준다고 해도 그처럼 살아갈 수 있었던 순간들과 바꿀 생각은 하나도 없다. 나는 불교에서 말하는 업과 윤회라는 것도 그렇게 이해한다. 지금 이 순간에 몰두하지 않는 자는 유죄다. 그러므로 그는 완전히 몰두할 때까지 몇 번이고 되풀이해서 같은 순간을 맞이해야만 할 것이다.

한 해가 저물어 간다. 지난 한 해 동안, 우리는 저마다 위대했다. 우리에게는 심장의 존재를 느끼게 해 준 매 순간이 있었다. 지금 머리 위로 구름이 지나가고 있다는 사실을 알게 됐던, 혹은 까치가 우는 소리를 듣게 해 준 순간들이 있었다. 지난 한 해, 내게도 그런 순간들이 많았다. 미루나무 우듬지를 스치는 바람 소리를 듣던 순간이나 이마에서 후두둑 떨어져 내 그림자를 적시던 땀방울을 바라보던 순간 등등. 짧았던 그 순간들 덕분에 올 한 해를 나는 오랫동안 그리워하게 될 것이다.

미국 수족 인디언 보호구역에서 태어나 1964년 도쿄올림픽에서 1만 미터 우승을 차지했던 빌리 밀즈는 삶에 대해 이렇게 말했다. "신은 내게 삶이라는 선물을 주셨다. 신에게 보답하기 위해 나는 그 삶을 살아간다." 나뭇잎을 떨어뜨린 나무들도, 바람에 따라 흔들리는 호수의 물결도, 조금씩 밝아오는 하늘도, 어쩌면 모두 신에게 보답하기 위해 그렇게 움직이는 것인지도 모른다. 우리에게 아직 시간이 남아 있는 까닭도, 또 달릴 수 있는 힘이 남은 까닭도 그 때문일 것이다. 그러므로 지금 이 순간, 뛰지 않는 가슴들도 모두 유죄다.

그러므로 우리는 더 많은 공기를, 더 많은 바람을, 더 많은 서늘함을 요구해야만 한다. 잊을 수 없도록 지금 이 순간을 더 많이 지켜보고 더 많이 귀를 기울이고 더 많이 맛보아야만 한다. 그게 바로 아침의 미명 속에서도 우리가 달리는 이유다. 그게 바로 때로 힘들고 지친다고 해도 우리가 계속 살아가는 이유다. 지금 이 순간, 당신의 심장이 뛰고 있다면, 그건 당신이 살아 있다는 뜻이다. 그 삶을 마음껏 누리는 게 바로 우리가 해야 할 의무이고 우리가 누려야 할 권리다. 우리는 그렇게 만들어졌다.

일러스트 이강훈

일러스트레이터, 작가.
1973년생, 서울대 산업디자인과에서 시각디자인을 전공했다. 책과 잡지, 온라인 등 다양한
매체에 그림을 그리고 있으며 틈틈이 이야기를 쓴다. 《왜 나는 너를 사랑하는가》, 《청춘의 독서》,
《대책없이 해피엔딩》, 《열외인종잔혹사》, 《라틴소울》, 《1리터의 눈물》, 《고령화가족》,
《신의 축복이 있기를, 닥터 키보키언》 등 200여 권의 단행본에 그림을 그렸고, 온라인서점 yes24에
천명관 작가와 함께 〈나의 삼촌 브루스 리〉를, 매거진 《brut》에 〈도시생물도감〉을 연재했다.
지은 책으로 《도쿄펄프픽션》, 《나의 지중해식 인사》, 일러스트집 《반칙의 제국》이 있다.
〈도시생물도감〉전, 〈수상한 질감〉전 등 개인전과 그룹전을 개최했으며,
《월간윤종신》 아트디렉터와 부천국제판타스틱영화제 크리에이티브디렉터로 활동했다.
2016년 11월부터 2017년 3월까지 광화문 촛불집회에서 '차벽을 꽃벽으로' 프로젝트를 진행했으며
소셜미디어를 기반으로 한 새로운 미술운동을 지속적으로 모색 중이다.
Facebook : www.facebook.com/kokoonjr

지지 않는다는 말

1판 1쇄 발행 2012년 7월 16일
1판 12쇄 발행 2017년 10월 17일
2판 1쇄 발행 2018년 3월 22일
2판 12쇄 발행 2024년 9월 15일

지 은 이   김연수
펴 낸 이   신혜경
펴 낸 곳   마음의숲

대   표   권대웅
편   집   조혜민
디 자 인   김은아
마 케 팅   노근수

출판등록   2006년 8월 1일(제2006-000159호)
주   소   서울시 마포구 와우산로30길 36 마음의숲빌딩(창전동 6-32, 3층)
전   화   (02) 322-3164~5 팩스 (02) 322-3166
이 메 일   maumsup@naver.com
인스타그램   @maumsup
용지 월드페이퍼(주) 인쇄 · 제본 (주)교보피앤비

ⓒ김연수, 2018
ISBN 979-11-87119-78-4 (03810)